D1723531

DER DUFT DER AKAZIENBLÜTE

LACRIMA ROMANA

Kim Mc Govern

LACRIMA ROMANA

Romanische Tränen

Meine Liebe gleicht einem glatten, stillen See im Mondlicht.

Willst du sie mit Worten beschreiben?

Im Schweigen

erkennst du ihre Tiefe.

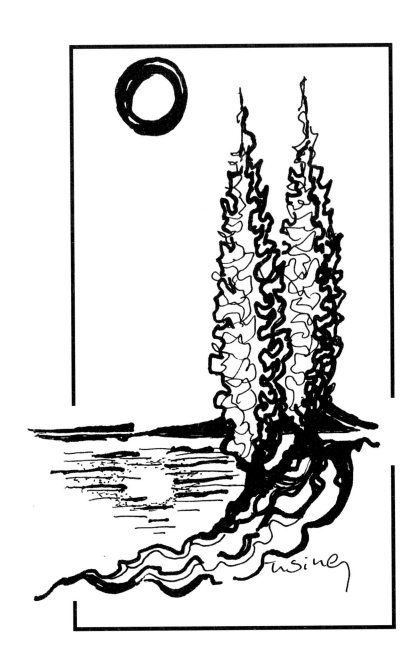

ROMAN

Von Kim Mc Govern

Thomas der Löwe Verlag Karlsruhe

9

Die Februarnacht lag feucht und verhangen hinter der großen Scheibe des Fensters. Die glatte Scheibe schloss diese regenschwere Nacht wie einen dunklen Traum aus und ließ das Zimmer dahinter warm und still erscheinen. Irene lag zwischen einem Stapel Kissen und Schallplatten am Boden und schlief, zusammengerollt wie ein müdes, kleines Tier. Im Schlaf griff sie nach Renés Schal, der neben ihr lag, weil sein Duft sie anzog. Ihrem schlafenden Körper entströmte ein matter Windhauch, der still über ihr in der Luft stand wie nach einem erschöpfend heißen Tag.

Das Telefon schrillte ... Irene griff im Schlaf nach Renés Schal. Wieder schrillte das Telefon. Überlaut mit seinem grellen Ton in der nächtlichen Stille. Plötzlich war sie hellwach. ‚Was ist? , dachte sie und gleich darauf, ‚das muss Rene sein. Sie tastete sich in der Dunkelheit zum Telefon. „Hallo", rief sie in den Hörer, „ja bitte?" Stille. Ein Knacken in der Leitung. Ein Rauschen weit weg, anhaltend, mit abgerissenen Worten, wie die Brandung eines entfernten Meeres oder einer schlechten Funkverbindung. Plötzlich war sie da, ohne Vorwarnung sprang sie Irene an, aus dem Nichts, aus der Dunkelheit ... Angst.

Sie fühlte sich wie in einem in rasender Geschwindigkeit abstürzenden Fahrstuhl, als ob ihr eine Faust in die Magengrube schlug. ‚Angst , dachte Irene zitternd, ‚wieso habe ich Angst? „Ja", schrie sie in den Hörer, „ja?" Sie beugte sich über das Telefon und die Faust in ihrem Magen ließ sie keinen klaren Gedanken fassen. Dann drang durch das Rauschen eine Stimme: „Moment bitte, die Verbindung ist so schlecht." Wieder ein Knacken und die Angst umklammerte Irenes Kehle wie ein Schraubstock: ‚Oh mein Gott , dachte sie, ‚was ist das?

„Hallo", plötzlich war die Verbindung klar, nahe, greifbar. „Ja", sagte Irene, „ja bitte?" „Hier ist die Universitätsklinik. Ist dort Martens?" „Ja doch", Irene schrie fast. „Ist dort Frau Martens?" „Ich bin es", ihre

Stimme war fremd und heiser, ein Schweigen entstand. „Frau Martens, ich möchte sie dringend bitten, sofort in die Klinik zu kommen, ihr Mann hatte einen schweren Verkehrsunfall." ‚René ... die Faust, die Faust ... ‚oh mein Gott . „Hallo, Frau Martens?" „Ich komme", antwortete Irene leise, „ich komme sofort."

Der Hörer fiel auf die Gabel und plötzlich hatte die Dunkelheit um sie herum, in deren Sanftheit und Wärme sie auf René gewartet hatte, alles Weiche verloren. Mechanisch machte sie Licht, riss wahllos Kleidung aus dem Schrank und zog sich an. Sie nahm die Auto- und Hausschlüssel, verlies hastig das Haus und schloss die Garage auf. Ohne Licht zu machen, tastete sie sich zu ihrem kleinen Sportcoupé durch. Als sie den Schlüssel in das Zündschloss steckte, beleuchteten die Armaturen ihr Gesicht. Sie sah im Rückspiegel ihre hellen Augen aufleuchten, groß und unnatürlich weit, wie Buntmarmor im Dunkel der Erde das Licht streift. Sie legte für einen Moment die Stirn auf das Lenkrad, um sich zu beruhigen, sich zu sammeln. ‚Exakt bleiben , dachte sie, ‚nur nicht gleich die Nerven verlieren, vielleicht ist es doch nicht so schlimm. Nicht schlimm? Die Gedanken sprangen ihr in wilden Sätzen davon. ‚Ich müsste meiner Schwiegermutter Bescheid sagen , dachte sie verzweifelt. Doch die Hände wurden ihr feucht und sie rieb sich den schmerzenden Nacken. ‚Noch nicht , dachte sie, ‚noch nicht, das kann ich später noch erledigen. Sicher hat die Klinik sie auch angerufen. Ich muss René sehen, ihn berühren, einfach bei ihm sein, o dio buono, hilf mir, er ist alles, was ich habe. Sie rastete den Rückwärtsgang ein und fuhr aus der Garage. Draußen stieg sie aus, um das Gartentor zu öffnen.

Sie sah zu dem Haus hinüber, welches schemenhaft und verschwommen hinter dem nächtlichen Regenvorhang lag. ‚Es ist ihr Sohn , dachte sie beklommen, ‚ich müsste ihr Bescheid sagen, es ist nicht fair von mir. Doch ihr ganzes Leben bestand nur aus purem Egoismus. Alles wollte sie allein besitzen. Ohne Hingabe und Geduld, ohne

Wärme und Nachsicht, einfach nur sie. Was weiß sie schon von René und mir. Meine Person war nicht zu kaufen, ich kam von außen, war eine Fremde. Dass ich die Flügel der Freiheit für ihren Sohn war, würde sie nie verstehen. An meiner Seite lernte er, aus dieser kleinbürgerlichen, beengenden Gesellschaftsschablone auszusteigen.

Im Land ihrer Väter lernte er, im Frühling die zitronengelbe Pracht der Mimosen zu entdecken, im Frühsommer im Duft der Akazienhaine zu liegen und im Herbst die herbe, trockene Luft der Zypressen im sandigen Boden zu spüren, die die Schwere des Spätsommerhimmelgewölbes hinterließ. Dieser lag wie eine gläserne Glocke über dem Land. Die Stille der sonnigen Wintertage aber lagen im ruhenden, klaren Licht, in dem man in die Weite sehen konnte. Eine Atempause für das neue, drängende Leben des Frühlings.

Es war Liebe auf den ersten Blick mit dem Gewicht des Unabänderlichen für das ganze Leben. Irene sprang in den Wagen und fuhr auf die regennasse Straße hinaus.

In der Klinik brannte nur die Nachtbeleuchtung und die weiße Gestalt der Nachtschwester glitt lautlos durch die Gänge, wie ein schwebendes, wesenloses Geschöpf. Irene stand am Fenster eines kleinen Warteraums und starrte hinaus in die Regenschleier dieser Nacht. Ein Stationsarzt kam herein. Seine übernächtigten Augen spiegelten so viel kühles Wissen über menschliche Not wider, dass Irene ganz weiche Knie bekam. Er stellte sich vor: „Ich bin Dr. Möller von der inneren Chirurgie. Frau Martens, ich habe Ihnen leider nicht viel Erfreuliches zu sagen. Ihr Mann hatte unter Alkoholeinfluss einen Verkehrsunfall mit einem Tankwagen. Er hatte seltsamerweise bei diesem Wetter das Verdeck seines Sportwagens auf, schlussendlich kann man sagen, zu seinem Glück. So wurde er bei dem Aufprall aus dem Wagen geschleudert, bevor sich sein Wagen unter den Tankzug schob. Sein Wagen befindet sich jetzt noch unter dem Sattelschlepper und muss mit einem Kran hervorgeholt werden."

Irenes Magen krampfte sich zusammen. ‚Das war René, offenes Verdeck bei dieser Jahreszeit! Oh, sie kannte René, oh, und wie sie ihn kannte. Wenn seine festen, schmalen Hände das Steuerrad umspannten. Wenn er wie ein heißer Wind, wie ein Panther, in seinem Wagen über die Piste flog. Jähes Verlangen ihn zu sehen, ihn zu berühren, befiel sie. „Bitte lassen Sie mich zu ihm, er braucht mich, gerade jetzt, ich muss zu ihm!" Der Arzt schüttelte langsam den Kopf: „Sie können noch nicht zu ihm. Ihr Mann ist noch im OP." Dann sah er in ihren Augen die Angst, ihre Not, ihre Sehnsucht. Wie oft war er an der Grenze des Niemandslandes diesem Blick begegnet. Sie war noch so jung, stand am Anfang aller Dinge, die das Leben zu bieten hatte. Langsam griff er nach ihrer Hand und sie folgte ihm.

Er führte sie zu der Glasfront, an der man Einblick in den OP hatte: Sie sah Armaturen und Rücken, die sich über Renés leblosen, abgedeckten Körper beugten. Nur sein Gesicht konnte sie erkennen. Kein Laut drang zu ihr. ‚René ... , Panik befiel sie. Der Arzt sah ihr Entsetzen, er drehte sie zu sich herum und sagte: „Frau Martens, hier können Sie im Moment wirklich nichts tun, er ist in besten Händen." Er legte den Arm um sie und führte sie hinaus.

‚Es steht nicht gut um ihn ... und ... ‚wir hoffen, dass er die Nacht überlebt, dann sehen wir weiter. Sie müssen jetzt tapfer sein ... und ... und ... und ... was hatte dieser Arzt noch gesagt? Sie war gegen seine Brust gesunken und er hatte schweigend die Arme schützend um sie gelegt. Dann hatte er sie in den Warteraum zurückgeführt, schüchtern ihre Schulter berührt und war gegangen. Vor wie langer Zeit? Warten ... warten! Irene lehnte die schweißnasse Stirn an die kalte Fensterscheibe und starrte hinaus. Warten in dieser verfluchten, dunklen Nacht, die kein

Ende nehmen wollte. Niemand war da, der ihr Trost oder Hoffnung brachte. Der Regen rann die Scheiben hinab: ,Wie Tränen , dachte sie, ,große, weiche Tränen, auch der Himmel weint.

Als man sie zu ihm brachte, blieb sie reglos im Raum stehen: Weiß, hygienisches Weiß und nichts, was an Renés lebenssprühende Person erinnerte. Nur sein Gesicht, schwerelos wie eine matt schimmernde Chrysantheme in der Tiefe einer Gruft, in einem Berg von Mull und Verband, schwebend, reglos, mit geschlossenen Liedern. Still setzte sie sich neben ihn und ergriff seinen Arm. Durch die Verbände hindurch umspannte sie ihn mit einem stechenden Schmerz im Herzen. Als könnte dieser Schmerz ihn erreichen und ihr eigenes pulsierendes Leben auf ihn übertragen. Aber nichts, kein bisschen Wärme drang durch all diesen Stoff. Nichts von der Wärme aus den Nächten, in denen sie mit ihm Haut an Haut lag und mit den Lippen über seine nackte, warme, zuckende Schulter strich. Irene kniete an seinem Bett nieder und presste ihr heißes Gesicht an seinen so unerreichbaren Körper unter all dem Verband.

,Er darf nicht sterben , dachte sie verzweifelt. ,Mein Leben kann ohne ihn nicht weitergehen. Die Leere danach wird auch mich umbringen. Ihre eigenen Gedanken erreichten ihr Bewusstsein wie Frost eine Blüte in einer kalten Oktobernacht.

Sie starrte auf sein fahles Gesicht. ,René, hörst du mich ...? Wie kann ich dich erreichen? Ich muss dich festhalten, irgendwie muss ich dich festhalten. Das Leben kann nicht von dir gehen, ohne dass es auch mich verlässt. Nur an deiner Seite will auch ich das große Tor durchschreiten. O dio, madre mia, hilf mir. Doch nur das Summen der Apparaturen für die Blutübertragung war zu hören. Sachte und unablässig wie der singende Tropfenfall in einer riesigen, dumpfen Tropfsteinhöhle.

Die weiße Chrysantheme des Lebens erzitterte. Das Schicksal sah sie aus nachtfarbenen Augen an und da sanken ihre Blütenblätter lautlos herab mit flüchtigen, wie nebelverwehten Schattenstrichen, die sich wie Tau an Renés Wimpernrand zu einer letzten Träne verfingen.

Der Morgen stieg wie ein grauer, junger Kater schemenhaft über das Fensterbrett in das Klinikzimmer. Irene schreckte auf, sie wusste nicht, wie lange sie mit offenen Augen erstarrt hier gesessen hatte. Ein Blick auf die Armaturen sagten ihr, das René den schmalen Grad des Niemandslandes durchschritten hatte und auf der anderen Seite des großen Tores war. Sie schlug die Hände vor das Gesicht und fing hemmungslos zu weinen an.

Mit einem spitzen, hysterischen Schrei riss ihre Schwiegermutter die Tür auf und stürzte auf Renés Bett zu, sodass die Schwester sie zurückhalten musste. Wimmernd sank sie auf einen Stuhl nieder. ‚Zu spät‘, dachte Irene, ‚zu spät, er ist auch ohne mich gegangen.‘ Ihre Füße trugen sie kaum aus dem Zimmer hinaus, doch dann fing sie an zu rennen, dass die Gänge wie Nebelfäden an ihr vorüberflogen. ‚Fort‘, dachte sie, ‚weg.‘ Sie verstand plötzlich René, der die Geschwindigkeit gesucht hatte, wie ein immer schneller werdender Flugkörper über den Horizont hinaus. All die Rennen und Routen, die er gefahren war, all die Prämien und Siege, die er gewonnen hatte, waren nur ein Probelauf vor dem Sieg seiner großen Sehnsucht nach Glück und singender Stille. Das letzte große Rennen um diese ungestillte Sehnsucht, über den Horizont hinauszufliegen, hatte heute seine Erfüllung gefunden. Die Todessehnsucht, deren Verheißung nur er kannte, war ihm hier erfüllend gegeben worden.

Der Sarg sank langsam hinab. Tot, menschlich, klinisch, gesellschaft-lich. Der Wind stöberte raschelnd im braunen Laub des Vorjahres. Ein Schwarm Raben kreiste kreischend über kahlen Baumkronen, die mit nackten, schwankenden Ästen wie wirre, schwarze Hände in den ver-hangenen Februarhimmel griffen.

,Der Gavan schreit', dachte Irene. Die Raben waren die Boten der Götter im keltischen Reich und bei den Germanen. Sie kannten die Wetterlage und konnten sie deuten. Somit kannten sie auch die Ge-danken der Götter. ,Warum schreien sie? Ich hätte Grund zum Schreien. Sie schloss die Augen. ,Vierzehn Monate Ehe und ich bin 21. Wenn es nicht zum Heulen wäre, würde ich lachen, ein gellendes, trotziges Lachen, über diesen bösartigen Lebensschachzug. Über diesen Scheiter-haufen aus süßen Sehnsüchten, Hoffnungen und Wünschen. Hier an die-sem Grab bleibt mir ein Nichts, ein Turmverlies ohne Sonnenlicht, der Tod meines Herzens, oh mein Gott.

Die Menschen um sie herum standen auf dem kleinen Friedhof mit hochgezogenen Schultern und fröstelten. Ein kalter Windstoß fuhr zwischen sie und zerrte an ihrer Kleidung. Biedere, einfache Leute, die einer gesellschaftlichen Pflicht nachkamen. Es war kein Freund unter ihnen, kein einziger! René war nicht beliebt gewesen. Beliebt? Eher ver-hasst oder beneidet.

Er war ein Außenseiter, nicht bieder, nicht brav nach ihrem Maß. Er passte nicht in die hausbackene Kuchenform dieser Menschen. Er tat Dinge und nahm sich Freiheiten, die diesen Menschen fremd waren, deren Sinn sie nicht verstanden. Er war mitten unter ihnen geboren, aber bald schon über die Enge ihres Horizontes hinausgewachsen. Dass er lebte, wie er es empfand und für richtig hielt, kreidete man ihm an. Dass er aufgrund des Vermögens seiner Familie, welches in diesem Lande er-worben wurde, in diesem Stil leben konnte, verzieh man ihm nicht. Im

Gegenteil, man fing an, ihm das zu neiden, ihm übel nachzureden über Dinge ... die ... Und Irene, wer war sie für diese Leute? Eine unverständliche Halbwilde, geboren in irgendeinem alpinen italienischen Dorf am Ende der Welt. Die ein hartes, holpriges Deutsch sprach und so fremdländisch war wie niemand anders in dieser Gesellschaft. So gab es weder Verstehen noch eine Brücke zur Verständigung.

Die Leute kamen auf sie zu, sie spürte den Druck ihrer fröstelnden Hände, sie wand sich ab. René war tot, sie konnte diese Fassade nicht länger aufrechterhalten. ‚Rührt mich nicht an‚ dachte sie in ihrem Schmerz, ‚macht, dass ihr fortkommt, lasst mich allein. Ihr ekelt mich an, ich will euer Mitleid nicht, mit den beißenden Gedanken dahinter: Haben wir doch gleich gesagt, der trinkt sich noch zu Tode! Ein intellektueller Spinner, der meint, sich mit seinem Geld alles erlauben zu können. Wenn die Dinge aber nicht so gelingen, wie er will, dann betäubt er sich mit Alkohol. Dazu diese Rennfahrerei, gemischt mit Whisky pur. Saubere Mischung, haha ...! Also wirklich herzliches Beileid, gnädige Frau! Irene taumelte zur Seite. Sie stieg hastig über ein paar Gräber hinweg, als wäre sie auf der Flucht. Sie lief die Allee entlang mit ihren kahlen Bäumen und krächzenden Raben. ‚Mir ist übel‚ sie lehnte sich an einen Baum, ‚madre mia, ist mir übel. Was habt ihr schon von ihm gewusst, was habt ihr schon von René gewusst? Sie blieb an den Baum gelehnt stehen und presste ihr Gesicht in die harte Rinde. Der Wind zerrte an ihrer Kleidung und wirbelte das trockene Laub um ihre Beine. ‚Wenn ich weinen könnte, wenn ich doch nur weinen könnte! Aber es kamen keine Tränen.

Ihre Hände wurden feucht und tasteten nach Halt suchend über die rissige, raue Rinde. Die Leute gingen, was wollte man hier noch, man hatte seine Schuldigkeit getan ... und Whisky pur ... hahahaha. Dieses stumme, gurgelnde Gelächter schlug Irene wie eine mörderische Brandung in den Rücken, schäumte an ihr hoch und vervielfachte sich wie in einem Labyrinth zu einem schrecklichen Chor. Die Knie wurden ihr weich, die schweißnassen Hände schlitterten über die rissige Rinde.

Zwei Hände fingen sie an den Schultern auf. „Nicht umkippen, carina", sagte eine ernste Stimme hinter ihr und drehte sie zu sich um. Mike!!! Auf diesem kleinen, scheußlich kahlen Vorstadtfriedhof mit seinen schwarzen, wirren Bäumen und den kreisenden Raben über den Baumwipfeln stand Mike. Mit seiner Anwesenheit stieg wie ein Dröhnen aus dem braunen, raschelnden Laub die Stadt München, das alte Turmzimmer von Onkel Salvatore mit der Wärme des immer flackernden Kamins, den bis zur Decke reichenden Bücherregalen, dem Geruch nach Tabak, Geborgenheit und ... Kindheit herauf.

„Oh Mike", Irene fiel einfach gegen ihn und er schloss tröstend seine Arme um sie. Eine Weile standen sie so da und der Wind blies ihnen scharf in die Gesichter. „Es ist kalt, Irena, komm, lass uns gehen, hier können wir nicht mehr viel tun." Sie nickte nur. Als sie den Friedhof hinter sich gelassen hatten, dämmerte es und fing wieder an zu regnen. Die Straße glänzte wie ein bodenloser Spiegel. „Soll ich fahren?", fragte Mike. Irene schüttelte den Kopf. Mike setzte sich auf den Beifahrersitz und Irene kroch hinter das Steuer. Der kleine rote Wagen fraß die nassglänzende Straße in sich hinein.

In der Dämmerung zogen die Bäume wie knorrige, verwitterte Wegweiser an ihnen vorbei. Sie fuhren und die Straße kam im Scheinwerferlicht auf sie zu. Die heraufsteigende Nacht hüllte sie in dem kleinen Wagen ein wie ein schützender, gütiger Mantel und nur das Licht der Armaturen beleuchtete ihre Gesichter. Irgendwann fuhr Irene den Wagen an den Straßenrand und stellte den Motor ab. Der Regen trommelte auf das Wagendach und rann die Scheiben hinab. Sie saßen beide ganz still und lauschten in sich hinein, als käme aus der Tiefe ihres Inneren eine Antwort oder eine Erlösung. Bis Mike sie sachte zu sich herüberzog.

„Oh Mike"; er strich ihr über das Gesicht, „es ist so gut, dass du da bist
so gut. Es war einfach schrecklich ... es war grauenhaft. Die Leute ... und
dieses Geschwätz ... ‚Es tut uns Leid, gnädige Frau, und herzliches Beileid, gnädige Frau , und dieser kaum zu übersehene Hohn. Er benutzte
Whisky, um aussteigen zu können, wenn er an den Rand seines Fas-
sungsvermögens geriet. Um Dinge wegzuspülen, die kleingläubig waren,
die ihn beengten, sodass er nicht weiterarbeiten konnte.

Manchmal trank er wochenlang nichts. Aber in Wirklichkeit waren
die Leute der Grund, die nicht verstanden, wonach er strebte, welche
hohen Ziele er verfolgte. Sie hielten ihn für einen Spinner und das traf
ihn tödlich. Menschen, mit denen er sein ganzes bisheriges Leben verbracht hatte, die eigentlich seine Freunde sein sollten, denen er mit
seinen Ideen nach einer neuen Möglichkeit Arbeit gab. Sie trieben ihn in
den Tod mit ihrem tödlichen Geschwätz. Mir ist übel, mein Gott ist mir
schlecht."

Sie riss die Wagentür auf und rannte in den Regen hinaus. Sie stol-
perte, fiel in den Straßengraben und übergab sich. Er folgte ihr langsam.
„Nicht", keuchte sie, „geh weg, ich will nicht, dass du mich so siehst."
Doch er blieb. Der Regen rann ihr in den Nacken und er hielt ihr den
Mantel. Sie erbrach all ihr Entsetzen, ihre Enttäuschung, ihren Kummer.
Später lehnte sie sich an ihn und er gab ihr sein Taschentuch. Dann zog
er ihr den nassen Mantel aus und trug sie in den Wagen, sie war einfach
an ihm heruntergerutscht. Und dann kamen die Tränen. Sie schrie ihren
Schmerz, ihren Zorn gegen das Glas der Windschutzscheibe, bis sie
wimmernd in sich zusammensank.

Mike nahm ihr zuckendes Gesicht in seine Hände. „Carina, es ist
gut, wenn man noch weinen kann. Es ist die Erlösung und die Hoffnung,
die man hat. Ich habe auf meinem beruflichen Weg viele Menschen gesehen. Menschen mit steinernen Gesichtern, Menschen, die schon lange

keine Tränen mehr kannten. In der ganzen Welt, bei Flugzeugkatastrophen, Erdbeben, Springfluten, Tornados und vielen Katastrophen mehr. Gesichter ohne Regung, nicht einmal eine Klage oder Anklage war auf ihnen zu lesen, sie waren stumm, grauenhaft stumm. Deshalb ist es gut, noch weinen zu können. Die Tränen sind das kostbarste Ventil, das die Seele eines Menschen je besessen hat. Hai capito? Hast du verstanden, carina?" Sie sah ihn aus verschwommenen grünen Augen an. „Das riecht so verdächtig nach Salvatores altem Turmzimmer. Nach Stundengesprächen vor dem Kamin in Liebenswürdigkeit. Nach holprigem Deutsch und scherzendem Italienisch. Salvatore und du, ihr seid der Bodensatz meines Lebens, nach euch werde ich immer Sehnsucht haben. Ihr werdet immer Lebensvorbilder für mich sein." Mike ließ den Wagen an und wendete. „Das alte Turmzimmer", sagte er bedächtig. „Ich kam damals gerade aus der Hölle von Din Bhen Pu und wusste nicht mehr, was es heißt, am Leben zu sein, geschweige denn, normal zu leben. Als ich in München auf dem Flughafen aus der Maschine stieg, rissen mir die Reporter fast die Knochen aus dem Leib. Hast eine harte Story, was! Ein toller Knüller, dass man das Rote Kreuz nicht durchlässt zu den Verwundeten, das ist eine Sauerei. Na red schon, wir wollen schließlich auch was schreiben. Es war mir damals wie dir vorhin: speiübel.

Dann war da mitten in der brodelnden Menge plötzlich Salvatore Bonazzi. Sein Schnauzbart und sein krauses Kopfhaar waren nach all den Jahren eisgrau geworden, aber seine Augen waren noch immer die gleichen, forsch und wachsam. Er angelte mich aus der schlagzeilengierigen Meute heraus und schob mich in ein Taxi. „Na, junger Mann, da hat dir das Leben aber ganz schön auf die Fußspitzen gespuckt", sagte er traurig. „Die Menschheit ist ein armer Verein, das Leben könnte so schön sein." Ich konnte nur nicken, er hatte Recht, verdammt noch mal, er hatte so Recht.

Das alte Haus, in dem er lebte, berührte mich auf ganz besondere Weise. Ich war noch niemals dort gewesen. Ich kannte Bonazzi von Gerichtssälen her, in denen er mit den temperamentvollen Reden des ewigen Italieners seine Verteidigungen erkämpfte. Der Garten, in dem das Haus lag, war auf eine verwilderte, traurige Weise schön. Salvatore bewohnte die obere Etage des Hauses, die mit Erkern und einem Turm versehen war. Die untere Etage war unbewohnt. Wir stiegen die breite Holztreppe hinauf und es roch nach altem Holz und dem vergangenen Jahrhundert. Als sich die Tür zu dem Turmzimmer mit seinen Stufen zum Erker hin vor mir öffnete, wusste ich, dass dieses Haus ein Stück Heimat für meine unruhige Seele werden würde. Ein Ort, zu dem ich mich immer zurücksehnen würde, ein stiller Hafen meiner selbst.

Der Kamin brannte und auf dem Boden davor lag ein ungelenkes Etwas, ziemlich dünn, mit kurz geschnittenem kupfernem Haar, im blassblau ausgefransten Pullover und in Blue Jeans. Dieser kleine, eckige Schlacks hämmerte eifrig mit einer Hand auf einer alten Remington-Schreibmaschine Stakkato, während er mit der anderen Hand einen Dackel am Schwanz zog, als wäre er eine Türglocke. „O dio", lachte Salvatore, „Mike, das ist unsere Contessa Irena", dann zeigte er auf den Dackel, „und das ist Signore Poco, meine Familie sozusagen." „Aha", sagte ich betroffen, denn ich hatte dich für einen aufgeschossenen Buben gehalten. Und dann kam ich sogleich auf den Prüfstand. Während Signore Poco kritisch mein Hosenbein beschnüffelte, sahst du mich mit deinen grünen Mondaugen aufmerksam an. Jedenfalls muss ich damals die Aufnahmeprüfung gut bestanden haben, Signor Poco ließ mein Hosenbein ganz und trabte brummend in sein Körbchen. Du aber sagtest: ,Gutten Abend, Erre Maige.' Es gefiel mir, wie du es sagtest, und Wärme kehrte in mein Herz zurück."

Irene hatte die Autoscheibe heruntergedreht und die Regenluft kühlte ihr Gesicht. „Ja, auch ich habe diesen Augenblick nicht vergessen. Du warst ein neuer Mensch in meinem auf mysteriöse Weise verwirrten Leben. Ich war so jung und es gab so viele unverständliche und ungeklärte Fragen, über meine Herkunft, über mich selbst. Mein Akzent war eins der Dinge, die meine Schwiegermutter nie gemocht hat, deshalb war und blieb ich immer eine Fremde für sie."

„Angst vor dem Fremden hat wohl jeder Mensch. Das Fremde ist auf Anhieb nicht zu durchschauen. Wenn man es verstehen will, muss man es sich erarbeiten, er- und begründen. Schlimmer als Angst vor dem Fremden ist die Wurzellosigkeit. Wenn du nicht mehr weißt, wo du hingehörst. Fremdes kommt von außen, dagegen kann man sich verwahren oder es ergründen, dann ist es nicht mehr fremd. Aber Wurzellosigkeit liegt in dir selbst. Aber auch sie kann man aufschlüsseln. Als ich aus diesem Hexenkessel, diesem Horrorwahnsinn, dieser Festung Din Bhen Pu entkam, diesem eingekesselten, brennenden Scheiterhaufen des menschlichen Seins, war ich wurzellos.

Als Nero Rom in Brand setzte, erlebten das viele Römer genauso und ließen ihr Leben. Im 11. Jahrhundert kamen die Kreuzritter auf dem Weg nach Jerusalem so um. Den Karthagern bereitete man auf einer Burg im Languedoc im Süden Frankreichs so den Tod. Ferdinand und Isabella von Kastilien setzten die hebräischen Gettos so in Brand. Wer wurde alles noch eingekesselt und bei lebendigem Leibe in Brand gesetzt? Es ist ein Inferno und für die Überlebenden ist danach nichts mehr normal. Sie bleiben wurzellos zurück. Salvatore wusste das. So nahm er mich in seinem Haus auf und überließ mich der heilenden Wirkung deiner Person und der des Höhlenlöwen Signore Poco.

In dieser Zeit, als ich mit dir und dem Dackel Signore Poco durch die leeren Räume des Hauses stromerte, als wäre es ein Burgverlies oder eine geheimnisvolle Höhle, den wilden Garten erkundete, als wäre er das Universum selbst, erfuhr ich, dass auch Tiere Trauer und Sorgen kennen und erkennen können. Es war dein Gefühl – von dir ging die Vermittlung zurück zur Umwelt aus. Sowohl die Angst als auch die Liebe bestehen zu 99% aus Gefühlen, die der Verstand wenig beeinflussen kann. Damit konntest du auf ganz einfache und klare Weise umgehen. Du konntest es vermitteln, in dem du mit deiner strahlenden Art dem Tag einfach Sonne gabst. Es waren Tage wie im Zauberwald. Dein sonniges Gemüt grenzte Schatten und Sonnenflecken am Boden ab, ob im Haus oder im Garten. Du knüpftest wie eine Teppichknüpferin mit feinem Gespür all die kleinen Verbindungen von Farben, Ornamenten und Fäden zusammen. Das Muster von Tag und Nacht, von Stunde zu Stunde. Für die Tier- und Pflanzenwelt, die mir in meiner Versteinerung unerreichbar geworden waren, gingen mir plötzlich wieder die Augen auf. Jeder Tag war neu und ein herrliches Erlebnis für dich. Die Abende mit dir und Salvatore waren wieder eine andere Welt. Er konnte so viele Ereignisse mit einfachen Worten beschreiben, dass die Hintergründe klar hervortraten. Meine Flucht vor dem Entsetzen wurde immer langsamer. Meine Gedanken fingen an, wieder in die Gegenwart zurückzukehren.

Selbst der Hund merkte auf, wenn ich in düstere Stimmung geriet, verließ seinen Korb und umstreifte meine Beine und ich fing automatisch an, ihn zustreicheln. Hier war ein Wesen, welches meine Zuneigung brauchte. Über die anfangs gedankenlose einfache Geste, die zwischen mir und Signore Poco ein entspanntes Wohlgefühl entstehen ließ, flossen meine schwarzen Gedanken ab. Erst viel später erkannte ich, dass das seine Absicht war, er konnte das Gewicht meiner negativen Gedanken fühlen. Er brachte es fertig einen Schritt weiter zu gehen, an mir hochzuspringen und mich bellend aufzufordern: Auf, hinaus, jagen, suchen entdecken. Jeder Tag ist ein Abenteuer, hieß sein fröhliches Bellen. Er wusste, was Lebensfreude ist und dass Trauer hieß, am Rande des Todes entlangzuleben.

Wir lebten gemeinsam eine Zeit lang wie in einem Vakuum. Das Haus und der Garten waren unser Zauberland. Während Salvatore seinen Geschäften nachging, maltest du die aufgeblühten Rosen des Gartens mit schwermütigem Rot, wie die dunklen Blutflecken eines Kampfstieres im Sand einer Arena. Die großen, geneigten Blüten schienen aus dem Zeichenblock herauszuhängen und die Umgebung miteinzubeziehen. Ich war fasziniert. Wir hingen die Bilder in den leeren Räumen des Untergeschosses auf und an Regentagen wanderten wir andächtig von einem zum anderen. Dann erstiegen wir einen der Erker und sahen über den willden, schönen Garten hinaus auf das Häusermeer von München.

Eines Tages, als der Föhn über München lastete und der Himmel wie gekämmter Hanf aussah, erreichte mich eine Nachricht meiner Presseagentur. Sie hatten mich in der Höhle über der Stadt aufgestöbert und forderten einen Bildbericht über den Libanon. Die Zeit des Ausstandes war vorbei, ich musste wieder meine Brötchen verdienen. Ich packte meine Sachen und ging in der Turmzimmerhöhle umher. Ich berührte alle Dinge mit den Fingerkuppen, um sie mir einzuprägen, dann nahm ich meine Koffer auf. Im Türviereck des Turmzimmers blieb ein Mädchen zurück. Ihr Feuersalamanderschopf war schräg geneigt und ihre grünen Mondaugen weit. Der ausgefranste Pullover hing herab wie ihre Arme und zwischen ihren langen, schlaksigen Beinen hatte sie den kleinen, tapferen Höhlenlöwen Signore Poco eingeklemmt. So ließ ich euch zurück, aber es blieb noch viel mehr zurück. In der Hecke der blassverblühten Rosen im Garten, in den leeren Räumen im Untergeschoss, im Alkoven des Gästezimmers, der meine unruhigen Träume und Nächte bewacht hatte, blieb für immer ein Stück meines Ichs hängen. Salvatore brachte mich zum Flughafen und er sah, wie schwer mir der Abschied fiel. ‚Du bist immer willkommen, amigo, das weißt du. Die Welt ist weit, aber in ihr braucht man einen festen Platz, sonst muss man wie ein Albatros auf den Flügeln des Windes schlafen. Doch dafür sind wir Menschen nicht geeignet. Lächelnd umarmte er mich und ließ mich ziehen."

„In manchen Nächten saß ich still in meinem Bett und wartete auf René. Ich wusste, dass er kommen würde, und ich wartete auf ihn." Irene hatte sich in einem Sessel in ihrer Wohnung zusammengerollt. Mike saß ihr gegenüber und lauschte ihren leisen Worten. „Es war auf Capri, als wir uns das erste Mal begegneten. René hatte in Anacapri einen alten Herrn kennen gelernt, der ihn faszinierte, einen Mann, der auf der Suche nach einem Kraftstoff seiner Vorfahren über die Chemie in die Quantenwissenschaft eingestiegen war. Ein leeres Feld, welches in der Vergangenheit schlief oder für die Zukunft noch nicht geboren war. Aber er ahnte, wusste, dass es irgendwo im Verborgenen lag. Er war ein Wissenschaftler, der auf seiner Suche in den letzten Tagen vor dem zweiten Weltkrieg an den Rändern Europas gestrandet war. Hier wusste man über das Atom viel mehr als in seiner Heimat Lateinamerika. Er stammte aus Peru und hatte die Anwesen seiner Familie verkauft, um Chemie zu studieren. Aber schnell erkannte er, dass dies nur der Anfang seiner Suche war. In den alten Überlieferungen seines Volkes gab es Anzeichen, Orakel, zeitliche Berechnungen für eine vorhandene Kraft, die Jahrtausende vorauswiesen, die heute niemand mehr nachvollziehen und entschlüsseln konnte. Eine Kraft, die seine Vorfahren nutzten, um Paläste und Landebahnen aus Fels zu bauen. Eine Antriebs- und eine Hebelkraft! Er vermutete, dass es Atomkraft war. Doch als er in Europa landete, schlossen sich bedrohlich die Grenzen. Für einen Fremden eine Frage des Seins und Nichtseins.

So floh er nach Spanien und fand in der Universität von Salamanca eine kurze Ruhepause. Von dort aus versuchte er, im südeuropäischen Raum Anknüpfungspunkte für seine wissenschaftliche Arbeit zu finden. Als es für ihn in Salamanca zu gefährlich wurde, floh er über das Meer in die alte Stadt Rom. Dort nahm er sich für sein letztes Geld im Armenviertel der Stadt eine billige Dachwohnung, in der er arbeiten konnte. Eines Tages traf er eine junge Bäuerin mit Namen Amanda auf dem Markt. Ihr einfaches Wesen gefiel ihm und er fragte sie, ob sie ihn nicht für ein paar Lire am Tag verpflegen wollte. Freudig sagte sie zu. Nach einem Jahr war sein privates Kapital endgültig aufgebraucht. Beschämt gestand er Amanda, dass er sie nicht mehr bezahlen konnte. Amanda brach in Tränen aus. Sie war eine junge Bäuerin aus Anacapri. Ihr Mann war in den ersten Kriegstagen eingezogen worden und kurz darauf gefallen, ohne dass sie ihn nochmals wieder gesehen hatte. So war sie als junge Witwe zu Verwandten nach Rom gezogen und hatte sich von dem wenigen, das der Peruaner ihr bezahlte, selbst versorgen können. Nun stand sie mittellos, verwitwet, mit einem verwilderten, bäuerlichen Anwesen und einem halb verfallenen Haus in Anacapri allein da. Sie wusste nicht, von was sie weiterleben sollte. Der Peruaner lächelte, sanft nahm er ihre Hände in die seinen. Er sah ihr in die Augen und fragte sie: ‚Gibt es Felsen dort, mein Kind? ‚Mehr Felsen als Erde, von der man leben könnte , schluchzte sie aufgelöst. ‚Hör zu, Amanda, ich komme aus einem Land mit einem hohen Gebirge. Selbst noch in 4000 Meter Höhe betreiben die Menschen seit langer Zeit Ackerbau und Viehzucht im Fels auf Terrassenanlagen. Sie bauen auch ihre Häuser aus Fels, eines der besten Materialien dieses Planeten, weil man alle Materie in ihm findet. Ich mache dir einen Vorschlag: Ich richte dein Haus und dein Land auf diese Weise her, damit es dich ernähren kann. Du aber stellst mir einen Raum in diesem Haus zur Verfügung, in dem ich wohnen und arbeiten kann, bis an das Ende meiner Tage. Sie lächelte und so geschah es.

In Anacapri war der Peruaner dem Himmel, dem Felsen und der Erde so nahe wie in seiner Heimat. Bei seiner täglichen Arbeit in Sonne und Wind mit dem Blick auf das Meer, umgeben von den Elementen der Urkraft dieses Planeten, kam ihm die Erkenntnis, dass die Antriebskräfte seiner Vorfahren nicht das Atom sein konnten. Das Atom, wenn man es auseinander nahm, war eine gewaltige, entfesselte Macht, die außer jeder menschlichen Kontrolle geriet und so viel gefährliche Rückstände hinterließ, die nirgendwo mehr einzufügen waren. Sein Volk hatten eine Kraft entdeckt, mit der man ungefährlich arbeiten konnte. War es die Macht von gebündeltem Licht, welche die Griechen schon kannten? Oder war es die Macht des Wassers? Den Atomkern von Wasserstoff umkreist nur ein einziges Elektron. Dieses einzelne Elektron, aus seiner Bahn gebracht, war sicher viel einfacher zu lenken, als viele in alle Richtungen streuenden Elektronen. Das war es! Wasserstoff!

Der Krieg ging an den Höhen von Anacapri vorbei und als er zu Ende war, war der Peruaner ein 80-jähriger Mann. Trotzdem übersandte er seine Forschungen an Universitäten in ganz Europa und den USA – ohne Erfolg. Nach dem Desaster von Hiroshima in Japan kam das großen Schweigen. Da besprach der Peruaner mit Amanda, die ihm während ihrer gemeinsamen Zeit wie eine Tochter gewesen war, dass sie nach seinem Ableben alle seine Papiere an das Museum für Altertumsforschung in Lima, Peru, schicken solle. Vielleicht fand man dort doch die Ursprünge in der Vergangenheit. Die Schlüssel zu diesem Orakel.

Aber es kam anders. Als 92-jähriger, gebrechlicher alter Herr begegnete Amadeo, der Peruaner, René. Hier war ein junger Mann, der sofort wusste, um was es ging, und der auch wusste, wo man die Kraft einsetzen konnte. Ein Mensch, auf den der Peruaner sein Leben lang gewartet hatte. Wochenlang saßen sie in Anacapri in Amandas Haus, rechneten, experimentierten, dass es Amanda angst und bange wurde. In einer mondhellen Nacht, als sie bei einem Glas Wein auf der Terrasse saßen, sagte der Peruaner: ‚Ich hatte lange das Gefühl, dass die Zeit meines Lebens noch nicht reif für die Botschaft aus der Vergangenheit war. Ich war betrübt und so fern von meinem Land. Ich war kurz vor dem Aufgeben, dann kamst du, René, und alles begann wieder von vorn. René lächelte, trank sein Glas aus und ging zu Bett, Amanda räumte den Tisch ab, aber der alte Herr wollte noch ein wenig auf der Terrasse sitzen bleiben. Seine dunklen, mandelförmigen Augen sahen auf das nächtliche Meer hinaus, dann folgten sie südwestlich der Flugbahn des Mondes. Er war aus der Weite der Welt zurückgekehrt über das Kreuz des Südens hinaus auf die alte Flugbahn seiner Vorfahren nach Peru, für immer

Amanda weinte bitterlich. Mit René trug sie diesen besonderen Mann, der ihr Mutter, Vater und Familie geworden war, zu Grabe. Sie übergab René alle Forschungen und Aufzeichnungen des Peruaners mit dem Versprechen, wenn er keine seriösen Interessenten aus Wirtschaft oder Industrie finden sollte, die bereit waren zur Weiterentwicklung, sollte er ihr alles wieder zurückbringen. Letztendlich würde sie alles nach Lima schicken.

Sie war der Überzeugung, dass ein Einzelner weder Kraft, Geld noch wirtschaftliche Macht genug besaß, die Lösung zu finden. Einst brauchte es ein ganzes Volk und generationenlange Forschungen, bis der Zugang zu dieser so einfach verwendbaren Antriebskraft endlich entdeckt worden war. Der Zugang aber war sicher nur in der schadenlosen Verwendung des Umfeldes und mit Hilfe der harmonischen Lagerung der Rotationskraft unseres Planeten zu finden. Wasserstoff war das am weitesten verbreitete Element auf der Oberfläche unseres Planeten. Woher wusste sie das? Sie war Bäuerin, wie der Peruaner auch, und lebte täglich mit Sonne, Wind, Erde, Fels und Wasser. Das Wasserstoffatom mit seinem einzelnen Elektron – es musste möglich sein, die Kraft dieses Elektrons, ohne die geringste Abweichung punktuell zu nutzen. Amanda hatte hingesehen und viel verstanden.

Ich war mit Freunden auf Capri und hoffte auch, dich zu treffen, denn du warst auf Sizilien." Irene sah Mike traurig an. „Aber du flogst von Catania nach München und ich blieb auf Capri allein zurück. Es war Anfang Mai, ein junger Sommer lag mit Hitzetagen über Land und Meer und ganze Akazienwälder verwandelten die Luft in ein betäubendes Bad der Sinne. Wir waren abends essen gegangen und plötzlich stand René an unserem Tisch. Er sah mir in die Augen und es gab keine Worte mehr. Ich weiß nicht mehr, wie der Abend verlief, aber seine Nähe und seine Blicke war alles, was ich verstand und was ich wollte. Er begleitete mich in das Hotel und stand morgens wieder davor, als hätte er sich die ganze Nacht nicht vom Fleck gerührt. Ich konnte es kaum glauben. Von diesem Moment an blieb er an meiner Seite. Er nahm mich mit zu Amanda nach Anacapri und Amanda war von mir entzückt. ‚Ein Jammer, dass Signore Amadeo keine Zeit mehr hatte, sie kennen zu lernen‚ sagte sie ein über das andere Mal. Doch nach wenigen Tagen packten wir die Koffer und flogen nach München zurück. Salvatore holte uns am Flughafen ab und nach zwei Tagen in seinem Turmhaus hielt René bei Salvatore um meine Hand an. Salvatore lächelte: ‚Es war kaum zu übersehen, dass sie alles ist, was du willst. Ich kenne das, mein Junge, ich habe ihre Mutter ebenso geliebt und nach ihr blieb ich wie ein trockenes Blatt zurück. Ihr habt meinen Segen, pass auf sie auf, sie ist ein ganz besonderes Geschöpf. Wir heirateten in einer kleinen bayrischen Gemeinde in einem alten Rathaus, welches wie ein Dornröschenschloss aussah. Salvatore hatte das arrangiert. Er und eine seiner Freundinnen, Pepina, die Blumenfrau aus Schwabing, die ich seit der Kindheit kannte, waren unsere Trauzeugen.

Wir fuhren weiter in die Heimatgemeinde Renés im südbadischen Raum. Ich kam in eine andere Welt, alles war mir fremd. René fing an, mit Signore Amadeos wissenschaftlichen Unterlagen im badischen sowie im Schweizer Raum mit der Industrie zu verhandeln. Die Schweizer waren weltweit mit der Entwicklung von Wasserkraftwerken führend, aber nicht mit der wissenschaftlichen Erkenntnis über Wasserstoff. Schon gar nicht als Kraftstoff für Motoren. René kam ganz schnell an Grenzen, die ihn zur Verzweiflung brachten. Er wurde einfach von einem Machtkomplex der Industrie und Wissenschaft abgeblockt, da die

Arbeiten des Peruaners keine ausgearbeiteten Unterlagen aus einem anerkannten wissenschaftlichen Institut waren. Sie hatten keinen internationalen Prüfstand passiert und so stieß er nur auf scharfäugige Ablehnung.

René kämpfte trotzdem weiter. In all dieser verwirrenden Zeit bestand seine Mutter auf eine große Hochzeit in der örtlichen Kirche der Familientradition angepasst. Sie sah gar nicht, wie weit ihr Sohn von ihr entfernt war, und rang ihm diese Hochzeitsfeier ab. Sie bot alles für diesen Tag auf bis zur Geschmacklosigkeit. Kein Kleid war für mich passend und teuer genug. Vor dem Altar stand ich da wie eine ausstaffierte Holzpuppe. Es waren nur Renés Augen, die mich diesen Tag bestehen ließen. Ich hatte mich noch nie so fremd und deplatziert gefühlt. Unter all diesen schwerfälligen, von Moral beladenen Menschen. Ich war Nähe und Wärme gewohnt und diese bodenständigen, unverrückbaren Badener machten mir Angst wie eine Lebensbedrohung. Sie saßen behäbig wie fette Unken in ihrem Ländle, als wären sie der Nabel der Welt. Die mediterrane Lebensart, in der ich groß geworden war, die Lebensfreude bedeutet, betrachteten sie mit Misstrauen und Hintergedanken. Das war kränkend und würdelos.

René versuchte sein Glück auf eine andere Weise. Er stieg bei einer der bekannten Autofirmen als Rennfahrer ein. Bei jedem Rennen war ich dabei. Ich liebte ihn sehr, wenn er mit seinen festen, schlanken Händen das Lenkrad umspannte, die Motoren aufröhrten und er in einer Staubwolke von 20 bis 30 Rennwagen verschwand. Ich wartete an den Boxen auf seine Wiederkehr. Der Sieg war mir so egal, Mike, ich hielt den Atem an und zählte die Minuten bis zur letzten Runde, bis er wieder vor mir stand. Wenn er den Helm herunterriss, mich umschlang und zärtlich küsste, ich sein ganzer Besitz, konnte ich wieder atmen.

Er sprach mit den Monteuren, den Konstrukteuren und den Managern der Autokonzerne. Er machte sie darauf aufmerksam, dass der
Kraftstoff Erdöl einer Begrenzung unterlag. Nach den neuesten weltweiten Schätzungen war Erdöl nur noch für ca. 80 Jahre vorrätig, abbaubar. Man lachte ihn aus. Man stellte ihn einfach als Fantasten hin, der
genug Geld hatte, sich solche Sprüche leisten zu können. Er machte
weiter. Da begann für ihn der Weg der verschlossenen Türen. Als gar
nichts half, schenkte ihm das Autowerk den Rennwagen und verabschiedete ihn damit auf elegante Weise als Fahrer aus dem Rennteam.

Plötzlich war die Außenwelt nicht nur mir gegenüber feindlich,
sondern die Feindlichkeit erfasste auch ihn. Oft lag er in meinen Armen
und verstand die Welt nicht mehr. Ich konnte ihn nur mit mir selbst
trösten. Wir blieben wie zwei verirrte Kinder zurück. Wir vergruben uns
immer mehr in unseren vier Wänden, aus denen er verzweifelt manchmal ausbrach. Ich wartete auf ihn mit großen Augen in der Dunkelheit
und wenn er kam, war es wie eine Erlösung für mich und ihn. Es sah
aus, als sollte das Geheimnis, dem Amadeo, der Peruaner, nachgejagt
war, auch für René ein Geheimnis bleiben. Die große Hand der Schöpfung öffnete sich nicht und ließ dieses Geheimnis nicht frei.

Ich vermisse René, o dio, ich weiß nicht, wie ich ohne ihn leben
soll", sagte Irene bitter in die Dunkelheit. Mike fasste nach ihrer Hand:
„Komm zurück, carina", sagte er mit Güte, „das Leben hat anders entschieden." Wie erstarrt lag sie in seinen Armen. Ihr war kalt ums Herz
und sie war zu keinen weiteren Worten fähig.

Das Fensterviereck färbte sich grau hinter der leichten Gardine und
ein neuer Tag begann. Mike erhob sich: „Ich gehe jetzt, carina mia, man
erwartet mich in Hamburg. Außerdem würde uns beiden nicht gefallen,
erklären zu müssen, wer ich bin, was ich hier tue usw. Nicht wahr?" Sie
schwieg und er nahm ihr Gesicht zärtlich in die Hände. „Das ist ein

neuer Abschnitt, Irena, das Leben geht weiter, es klingt unwirklich, unvorstellbar im Moment für dich, aber das Leben geht weiter. Das ist wohl das einzig Unerschütterliche und Zuverlässige am Leben, das Leben selbst." Er beugte sich voll tiefer Trauer zu ihr herab: „Du musst jetzt gut überlegen, Contessa, die Sehnsucht und die Nächte sind lang. Du darfst dich nicht in ihnen verlieren. Wenn du es hier nicht aushältst, geh einfach zu Salvatore nach München. Ich wüsste kein altes Herz auf Erden, welches sich mehr freuen würde über dein Kommen. Aber hüte dich vor der Flucht in das jammernde Elend, und du kannst mir glauben, ich weiß, wovon ich rede." Irenas schöne Mondaugen standen in der Dämmerung still, wie der Pendel einer Uhr, den eine unsichtbare Hand angehalten hat. Mikes Herz krampfte sich schmerzvoll zusammen und er küsste sie sanft auf das Haar. „Von Hamburg fliege ich nach London, aber du weißt, dass du mich über die Agentur immer erreichen kannst. Vergiss das nie." Verloren stand er aufrecht in dem schieferfarbenen Licht des heraufsteigenden Morgen. Mit einer zarten, kleinen Geste verabschiedete er sich wortlos. Als er ging, blieb die Tür offen stehen: Wie hätte er eine Tür zu ihr schließen können? Irena stand wie im Traum auf und sah ihn durch die Gardine in dem aufsteigenden Morgen den Gartenweg entlanggehen. Eine dunkle Gestalt, mit hochgezogenen Schultern. Der Ritter, der Vasall, der Paladin ihrer Jugend. Sein Herz trug er auf seinem Schild, aber diesen Kampf konnte er nicht für sie gewinnen.

Niemand konnte diesen Kampf mehr gewinnen. Den zarten Schleier ihrer Liebe mit der Knospe des Lebens hatte die Erde wieder aufgenommen und nie wieder würde er blühen. Durch das Zimmer hindurch sah sie ihr Gesicht im Spiegel. Weiß im Zwielicht mit dunklen, unbewegten Augen. Wie eine zeitlose, verwitterte Marmorstatue in der Weite eines großen, lauschenden Parks. Ein Abschnitt, ein Anfang, ein Abschnitt, ein Anfang ... Irena wartete auf das Echo, aber es blieb aus. Sie fühlte sich plötzlich ausgebrannt und leer. ‚Zusammenknicken, einfach hinfallen , dachte sie, ,sich auflösen – das wäre so einfach wie ein chemischer Vorgang. Sie bückte sich und hob einen Schal auf. Renés Schal! Ein leichter Hauch seines Körpers und seines Parfüms haftete noch an ihm. ,Auch das verweht , dachte sie schmerzlich, ,auch das verweht mit der Zeit.

Sie ging zum Schrank und zog wahllos Kleider heraus, die sie in einen Koffer packte. Ein Lebensabschnitt war zu Ende, aber wo war der Anfang? Ratlos stand sie im Zimmer. Sie hob den Koffer auf und ihr Blick glitt durch den Raum, mit der pochend schmerzhaften Erinnerung an tausend zärtliche Berührungen. Wie ein Schattenspiel ließ die Erinnerung Renés Gestalt durch dieses diffuse Licht gleiten mit dem sehnsuchtsvollen Echo des Lebens. Die Gardine bewegte sich in einem leichten Luftzug und sein Schatten entschwand wie eine lockende Geste.

Der Morgen war kalt und klar. Der Himmel zeigte das verwaschene Blau des Winters. Der kleine, rote Wagen brummte friedlich über die Autobahn Richtung München. Irena hatte das Fenster heruntergekurbelt und der kalte Fahrtwind schnitt ihr scharf ins Gesicht. ,Es riecht nach Schnee , dachte sie und es machte sie auf eine dumpfe Art glücklich, dass sie bald in München sein würde. Die Landschaft zog an ihr vorbei. Der Motor brummte ruhig und zuverlässig und aus dem Radio tropften leise die Töne von ,Twilight time . Das Leben geht weiter, das einzig Beständige, hatte Mike gesagt. ,Oh Mike, ich wünsche mir deine Gegenwart, dein kraftvolles Rittertum, den fürstlichen Schutzschild deiner Person. Männer wie dich gibt es so wenige, oder das Leben stellt ihnen Aufgaben, dass sie so zu dem reifen, was du als Mann und als Mensch verkörperst.

Als Irena in München eintraf, lag Schnee in kleinen schmutzigen Haufen auf den Bürgersteigen. Sie fuhr durch die Innenstadt und die

Menschen taten ihr gut: diese vielen bunt zusammengewürfelten, in Skidress oder Loden gekleideten sowie eleganten Leute. Lachend, frisch, lebendig, so greifbar lebendig. Vor Schaufenstern, in Cafés, auf den Straßen, so sprühend und lebensbejahend, der Flair einer Großstadt.

Im verwilderten Garten Salvatores war die Schneedecke noch geschlossen und schloss das Haus wie in einen Dornröschenschlaf ein. Die Tür knarrte leise in den Angeln und das Turmzimmer lag still und verlassen vor ihr. Aus dem Korb neben dem Kamin kam ein Räkeln und Knarren, Signore Poco! Mit einem Freudengeheul stürmte er ihr entgegen. Irena wälzte sich mit ihm am Boden und lachte und weinte zugleich. Bis sie ihn im Genick erwischte und von sich abhielt, um seine stürmische Begrüßung zu beenden. Er ruderte mit seinen kurzen Dackelbeinen durch die Luft und schnaufte empört, bis sie ihn wieder auf den Boden setzte. Liebevoll schupste sie ihn wieder in Richtung Körbchen.

‚O Signore Poco, du kleiner, krummbeiniger Höhlenlöwe. Tapferer Gefährte aus der Zeit des Erwachens, des Halberwachsenseins mit ungelenken Armen und Beinen. Sie sah sich im Raum um. Die hohen Bücherregale, der schwere Ohrensessel, in den man sich hineinrollen konnte, der wurmstichige Schreibtisch, der auf asthmatischen Füssen das Sortiment Pfeifen von Salvatore trug und unter der Last der vielen Akten zu seufzen schien. ‚Es ist wahr‘, dachte Irena, ‚man muss diese Gegenstände alle berühren, ihren Geruch aufnehmen, darin leben, um den Geist zu verstehen, der darin eingewebt ist: den Geist eines Mannes, der so viel Wissen in sich trägt, so viel gekämpft und verteidigt hat, um des Friedens und der Freiheit willen. Eines Mannes, der vom ersten Moment ihrer Begegnung an sich entschieden hatte, ihr Vater zu sein, einfach sein Bestes für sie zu geben: Salvatore Bonazzi.

Irena machte Feuer im Kamin und legte dann schwere Holzscheite nach. Sie fand im Bücherregal eine Flasche Chianti und braute sich in der Küche einen Glühwein, gewürzt mit Anis und einer Stange Zimt. Nichts hatte sich hier verändert, empfand sie freudig und gleichzeitig mit schmerzlicher Trauer, als wäre nur in diesem Haus die Zeit stehen geblieben, während gleichzeitig das Leben in ihm weiterpulsiert. Als könne man in die Jahre der Jugend nahtlos zurückschlüpfen. Als läge bis zum heutigen Tag kein anderer Lebensabschnitt dazwischen. So sehr war ihr alles in diesem Haus vertraut, als wäre René nur ein wundervoller Traum ihrer langen Nächte und ein Wunsch ihres Herzens gewesen. Plötzlich lag sie zusammengerollt in dem hohen Ohrensessel, mit dem Dackel Signore Poco im Arm und war eingeschlafen.

Als Salvatore Bonazzi abends heimkehrte, stand er still vor dem Idyll von Mädchen und Hund. Signore Poco blinzelte ihn von unten herauf an, als wollte er sagen: ‚Halt ja die Schnauze, sonst wacht sie auf!‘ Aber da war das Idyll schon verflogen. Irenas grüne Mondaugen sahen ihn schweigend an. Salvatore runzelte die Stirn und fragte: „Was ist los, Contessa, gibt es etwas, das ich wissen sollte?" Sie senkte den Blick und er fasste sie zärtlich unter das Kinn: „Amore mio, was ist passiert?" Langsam kehrte ihr Blick zu ihm zurück, die Lider flatterten wie eine Schar ängstlicher Vögel: „René ist tot." Fassungslos sah er sie an: „O madre mia!" Liebevoll blieb seine Hand auf ihrem Scheitel liegen. Seine schwere, untersetzte Gestalt hob sich dunkel gegen den Erker hin ab. Irena fühlte das ganze Gewicht seiner Bestürzung und seine tiefe, väterliche Zuneigung. „Mike war da", sagte sie leise aus der Tiefe des Ohrensessels, „er hat es sicher durch seine Presseagentur erfahren und er war für mich wie ein Rettungsanker." Salvatore holte eine Flasche Grappa mit zwei Gläsern und während er ihr ein Glas reichte, fing Irena in kleinen stockenden Sätzen an zu berichten. „Ich habe dich nie verhauen, als du klein warst, aber jetzt sollte ich es tun. Wieso hast du mich nicht sofort benachrichtigt? Ich bin im Gericht als auch hier täglich zu erreichen", sagte er. Irenas Augen schweiften ab, als gäbe es weit hinter dem Horizont etwas zu sehen: „Ich war zu nichts fähig", sagte sie,

„es war wie in einer großen Kälte, in der man an dem Platz, an dem man sich befindet, einfriert. Letztlich bleibt man hermetisch abgeriegelt in einem Eisblock zurück." Salvatore schloss sie in die Arme und Irena weinte hemmungslos.

„Mike hat Recht", sagte Salvatore später, „auch eine große Kälte geht vorüber, man muss sie nur überleben, Contessa. Wir haben alle unsere Eiszeiten erlebt, mit größeren und kleineren Schäden. Es gibt einen sehnsüchtigen Wintermond für all die Beladenen, amore, Kälte, die ihre Herzen erreicht, und Hoffnung, die Leben bedeutet." Er brachte sie liebevoll ins Bett wie in Kindertagen. Später saß er noch lange vor der glimmenden Glut des Kamins und dachte an Elisabetha zurück, die Frau in seinem Leben, nach deren Tod sein Herz zu Asche wurde.

Die Tage flossen gleichmäßig dahin. Der März kam und mit ihm der Föhn. Er lastete wie eine schwere, dichte Watteschicht über München. Er lähmte die Gedanken und machte die meisten Menschen gereizt und aggressiv. Irene hauste einsam mit dem Dackel Signore Poco in Salvatores Haus über der Stadt. Sie tastete sich durch die eintönigen, bedrückenden Tage mit einer Benommenheit, aus der es kein Entrinnen zu geben schien. Manchmal stand sie lange Zeit still und sah von einem der Erkerfenster in den föhnigen Himmel über München.

Nur an den Abenden, wenn Salvatore nach Hause kam, erwachte sie wie aus einem bleiernen Schlaf. „Du gefällst mir nicht, Contessa", sagte er eines Abends. „Deine schönen, grünen Mondaugen sind ohne Glanz und traurig wie die einer kleinen Katze aus den Hinterhöfen Napolis." Zärtlich nahm er sie in die Arme: „Hör zu, carina, wenn der Mensch nicht mehr lebt, hört auch sein Denken, Fühlen, Empfinden auf, seine Person löst sich auf. Wir können ihn nicht zurückwünschen, obwohl wir alles dafür geben würden, wie Orpheus es versucht hat. Im Gegenteil, wir müssen ihn freigeben, so bitter das auch ist. Du aber lebst, meine kleine amore, und es blutet mir das Herz, dich in diesem Zustand zu sehen. Dein Kinn ist warm in meinen Händen und ich sehe das Blut in deinen Adern klopfen, die durch deine Haut schimmern. Warum sind deine Mondaugen so blind gegen das Leben gerichtet?"

Er seufzte und setzte sich an den Küchentisch, auf dem Irena ihm eine Pasta napoletana und ein Lachs-Carpaccio gerichtet hatte. „Senti, carina, ich liebe dich und obwohl du nicht meine Tochter bist, bist du doch das Kind meines Herzens. Ich liebe dich wie Elisabetha, deine Mutter, denn du bist ein Teil von ihr. Wenn du die Augen senkst und die Wimpern zitternd lange Schatten werfen, wie der feine Pinselstrich eines japanischen Aquarells, dann ist es ein Hauch von ihr. Dann öffnet sich mein Herz und alle Liebe, die ich noch besitze, gehört dir.

Sie war eine schöne Frau, deine Mutter, schön, kühl und wild. In manchen Nächten entzog sie sich mir und ging in die Nacht hinaus. In die Gärten an den Hängen der Berge, wo der Duft der fruchtbaren Erde wie ein schweres Parfüm hing. Ich bin ihr niemals gefolgt. Dann kam der Krieg und eines Tages war sie verschwunden, spurlos. Ich folgte in panischer Angst ihrer ruhelosen Fährte, dann zog mich das Militär ein. Die Wogen des Krieges schlugen über allem zusammen, erschlugen alles, jeden Funken Menschlichkeit.

Als ich aus dem Krieg zurückkehrte, fand ich nach langem Suchen die Masonis in einem Dorf über Meran und Elisabethas Grab. Hinter Rosetta Masoni versteckte sich schüchtern eine winzige Person. Ein kleines Stück Elisabetha, du. Ich und du wir fanden uns auf eine trostvolle, innige Weise. So wurdest du mein Kind und die Sorge um dich erhielt mich am Leben. Ein Leben, das ohne deine Mutter keinen Sinn mehr hatte, denn mit ihr war alles begraben, was ich je gewollt habe. Doch da klopfte eine Winzigkeit an mein Knie – es war das Leben, welches da klopfte. Aus großen, grünen Kinderaugen sah es mich an. Ich hob dich auf und presste deinen warmen Kinderkörper an mich und verbarg so mein Gesicht, damit du nicht sahst, dass ich weinte. Ich zog mit dir durch die Weinberge und zeigte dir, wie man Hunde und Katzen malt und die kleinen steifbeinigen Esel, die in den diesigen Septembermorgen die rauchblauen Trauben zu Tale trugen. Wie man Pflaster auf ein angekratztes Knie klebt und all diese Dinge, die man wissen muss, um groß zu werden."

„Du musst sie sehr geliebt haben", Irena sah ihm in die Augen und sein Blick schweifte ab. Seine Hand fand den Kopf des Hundes und streichelte ihn. „Weiß Gott, das habe ich. Manchmal denke ich, der Schmerz ist endgültig vorüber und die alten Wunden haben sich geschlossen, aber das ist ein Irrtum. Man lernt nur mit den Jahren, sich besser vor dem Schmerz zu schützen." Er sah sie freundlich an: „Contessa mia, ich werde jetzt in den Keller steigen und eine Flasche guten Meraner Merlot heraufholen. Wir beide werden unsere wunden Herzen im Blut der Erde baden, im Trost des ‚sangue della nostra terra'."

Am anderen Morgen holte Salvatore die alte Remington hervor und bat Irene, ihm ein paar Geschäftsbriefe zu schreiben. „Seit zwei Jahren hast du nichts mehr geschrieben. Soll ich mit deinem alten Verleger reden, sicher ist er über ein paar Kurzgeschichten von dir erfreut. Auch die Rosenbilder in den unteren Räumen sind alle verblasst. Sie waren meine tägliche Zwiesprache mit dir während deiner langen Abwesenheit. Wenn ich nicht wüsste, dass es die schwerblütigen Rosen aus unserem Garten sind ... Man kann sie kaum noch erkennen." Irena lächelte: „Si, Signore!" Als er gegangen war, nahm sie Signore Poco unter den Arm und stieg in den Garten hinab. Die Luft war frisch und kühl und brachte schwache Schneeluft von den Bergen her. Sie setzte den Hund auf die Erde und er rannte fröhlich bellend durch den Garten. Unter der struppig wilden Rosenhecke, die blattlos wie eine dornige Krake den hinteren

Garten beherrschte, fand er die Behausung einer Wühlmaus. Mit einem Jauchzer fing er an zu buddeln, dass die halb gefrorene Erde nach allen Seiten spritzte.

„O Signore", Irena fasste ihn im Genick und zog ihn aus dem Buddelloch, „Poco, du bist ein Ungetüm, sieh dir das an!" Sie las ein paar Schneeglöckchen auf, die er in seinem Jagdeifer mit ausgegraben hatte und hielt sie dem verblüfften Hund unter die Nase. „Es ist Frühling, Signore, primavera, der Schoß der Erde ist erwacht. Die Uhr des Jahres ist wieder neu aufgezogen. Es wird die Zeit der Blüten kommen." Signore Poco nahm schnell eine Nase voll Schneeglöckchenduft und schielte wieder nach seinem Grabtunnel. Die Hoffnung, die Wühlmaus zu erwischen, glänzte in seinen Augen. Doch Irena nahm die kleinen Blüten in die hohle Hand und zog den Hund mit sich fort. Signore Poco trabte ergeben hinter ihr her, mit der Nase voller Erde und der traurigen Erinnerung an eine entgangene Jagd. Irena stellte die kleinen weißen Blüten auf den Frühstückstisch im Erker des Turmzimmers. Sie stand lange davor. Sie betrachtete jeden einzelnen zartgrünen Streifen der Blüten. Diese waren in ihrer Zartheit als Vorlage für ein Aquarell geeignet, sagte ihr Verstand. Doch die Freude, die sich jedes Jahr beim Anblick dieser Frühlingsboten eingestellt hatte, solange sie in diesem alten Haus gelebt hatte, blieb aus. Der Winter stand immer noch in der Mitte ihres Herzens und nichts wollte sein Eis zum Schmelzen bringen. Fassungslos griff sie sich an die Kehle: „Ich schaffe es nicht", dachte sie.

Am Nachmittag packte sie entschlossen Signore Poco auf den Rücksitz ihres Wagens und fuhr in die Innenstadt von München. Es war ein milder Nachmittag und die Sonne schien von einem blassblauen Himmel. Er war bis an den Rand der Alpen mit Zirrusfäden durchzogen wie mit schmalen Wellenstreifen eines entfernten Meeres. Der Verkehr war dicht zu dieser Nachmittagsstunde und an einer Straßenecke kreischten

plötzlich Räder, Glas splitterte und Metall grub sich dumpf in Metall. Dann lag ein Mann mit dem Gesicht nach unten auf der Straße.

Irena sah nur die reglose Gestalt auf dem Asphalt und die Blutlache, die langsam immer größer wurde. Es war so schnell gegangen. Das Geschehen hatte sich ausgedehnt wie unter einer großen Lupe und sich blitzschnell wieder zusammengezogen wie der Rückschlag eines Gummibandes. Irena hatte hinter der Scheibe ihres Wagens gesessen und zugesehen, wie man Zeitlupenaufnahmen zusieht, ohne etwas ändern oder dazutun zu können. Sie war so entsetzt, so verwirrt, dass sie ihren Wagen in einer Seitenstraße abstellte und das Gesicht in den Händen vergrub. Später, als sie sich ein wenig gefasst hatte, stieg sie aus und ging zu Fuß weiter.

In der milden Witterung waren die Straßen voller Menschen. In den Geschäften und Straßencafés genossen sie heiter den Vorfrühlingstag. Die Luft war sanft und mild wie die Weite der Meeresbucht vor Sorrent. Sorrent, Anacapri, ein heißer Sommer vor zwei Jahren. Während der Abendwind die Segel gebläht hatte, war Irenas Herz in Flammen aufgegangen. Mit schmerzender Stirn lief sie weiter und kaufte in irgendeinem Geschäft Weißwürstel für Signore Poco. O dio, sie hatte ihn vergessen. Er saß sicher auf dem Beifahrersitz ihres Wagens und knurrte alles an, was vorbeilief. Betäubt ging sie in ein Kaufhaus und suchte die Kosmetikabteilung auf und als sie sie gefunden hatte, konnte sie sich nicht mehr erinnern, was sie kaufen wollte. Plötzlich war da ein Parfüm in der Luft, wie die flüchtige Berührung aus der Vergangenheit. Renés Parfüm! Tabac heu ... Tabac ... Der Duft bekam für Irena die Schwere eines nachtblauen Himmels unter schlafenden Zypressen. Er kam von einem breiten Lederrücken vor ihr. Irena stand direkt hinter ihm. Die Menschenmenge schob sie voran. So konnte sie noch nicht einmal sein Profil sehen. Da war nur dieser breite, männliche Rücken und dieser mit Sehnsucht beladene Duft, der ihr den Atem nahm. Sie hätte das Leder zerreißen können, bis auf die nackte Haut, oh mein Gott ... Er ging und sie folgte ihm. Menschen rempelten sie an und sie fing an zu laufen. Er verließ das Kaufhaus und dann trafen sich ihre Blicke. Irena prallte zurück, sie ging einfach rückwärts. Ein fremdes Gesicht, ein achtloser Blick und er ging einfach weiter. Irena blieb erschrocken an einer Schaufensterscheibe stehen: ‚Was denke ich mir eigentlich, was geht in mir vor?

In irgendeinem arabischen Café trank sie einen Mokka. Es waren ein paar ältere Männer in dem Café, die Karten spielten. In einer Ecke saß eine üppige Blondine, die den Kellner fixierte. Der Kellner hatte Irena den Mokka gebracht, war an die Theke zurückgekehrt und sein Blick ruhte weiter auf ihr. Plötzliche Kälte erfasste sie und sie sah unruhig aus dem Fenster. Er spürte ihre Nervosität und glaubte, einen Fisch im Netz zu haben. Geschmeidig löste er sich von der Theke und kam zu ihr herüber. „Ein viel zu schöner Tag für traurige Augen.“ Irena sah weiter aus dem Fenster. Er beugte sich zu ihr herab und berührte sie mit einer zarten Geste zwischen Schulter und Brustansatz. Irena wich zurück, er sah sie an und seine schwarzen Augen zogen sich genussvoll zusammen. Sie sprang auf, sodass der Stuhl hinter ihr umfiel. Er bückte sich und hob ihn auf. Sie warf ein Geldstück auf den Tisch und lief hinaus. Draußen blieb sie stehen. ‚Was ist nur mit mir los? , dachte sie benommen. ‚Ich komme mit der Normalität nicht mehr zurecht. Ihr Blut hämmerte gegen die Aderwände wie in einem Höhenrausch. „Madame, Sie haben Ihre Tüte vergessen.“ Der Kellner war ihr gefolgt und stand dicht hinter ihr. Sie riss ihm die Tüte mit den Weißwürsteln aus der Hand und rannte die Straße hinunter.

Die Dunkelheit war über die Stadt hereingebrochen. Wie ein dunkler, schwirrender Taubenschwarm stand sie in der Höhe und mischte Licht zu Schatten. Irena ging langsam die Stufen einer Treppe hinunter und blieb an der Brüstung einer Terrasse stehen. Sie sah in den Abendhimmel, an dessen Rändern noch ein Hauch von rosa Licht hing. Sie beugte sich über die Brüstung und genoss die milde Luft, die voll schwerer, dunkler Würze des Frühlings war.

Sie sah an der Fassade der Gemäldegalerie hinauf, in die sie nach dem tunesischen Café geflüchtet war. Die Räume mit den hohen Fenstern und den Bildern, die längst vergangene Hände geschaffen hatten, empfingen sie mit nervenstreichelnder Ruhe. Hier fand sie Gelassenheit und sie dachte an die verblassten Bilder in den leeren Räumen im Hause ihrer Kindheit. ‚Ich werde sie neu malen, meine Hände sind voller Leben, Rosen für Salvatore, für dich und dein altes, zerrissenes Herz. Padrino mio, ich brauche noch ein bisschen Zeit, um das Gestrüpp der Gefühle in mir zu entwirren, zu beschneiden. Wie man einen Baum beschneidet, damit er neu treibt. Dass er Kraft aus seinen Wurzeln zieht und wieder aufblühen kann.

Die Nacht in München erwachte mit alten Laternen in den kleinen Gässchen und Neonreklamen im Zentrum. Eine Saite ihres Wesens war angeklungen durch diese Stadt und so legte sie die Arme auf die Brüstung und genoss den milden Wind. Ihre Gedanken liefen zurück in die Zeit, als ihr Leben mit dieser Stadt verbunden war. Wenn Salvatore ihr auf dem Christkindl-Markt Brezeln und heiße Maronen kaufte und Signore Poco nach fremden Beinen schnappte, die ihm auf die Pfoten traten. Die Sommernächte in Schwabing, wenn sie mit Signore Poco Streifzüge durch die Bars und Kneipen machte. Mit dem Skizzenblock unterm Arm verkaufte sie eigene Bilder, um dem kleinen, dunkelhäutigen Gino eine Eisenbahn zu kaufen.

Gino war der Sohn von Signora Maretti, einer mageren Italienerin mit wundervollen Madonnenaugen. Sie bewohnte eine Dachwohnung in Schwabing, voll gestopft mit großen und kleinen Kindern, und roch immer nach Pasta asciutta, Knoblauch und feuchten Windeln, aber auch nach wärmendem zu Hause. Was war aus allen geworden? Eine tiefe Zärtlichkeit erfasste sie für diese Menschen, die sie in den warmen Nächten über Schwabing gekannt hatte. Da war der alte Jos, der so fantastische Geschichten erzählen konnte, dass sich ein ganzer Saal in Schweigen hüllte, um ihm zuzuhören.

Da war Alex Meier, ein rundlicher, flinker Mann, der im Kellergeschoss eines alten Hauses eine verräucherte Kneipe besaß. Er verstand es, Irena immer wieder dazu zu ermuntern, Gäste zu skizzieren. Er kannte seine Gäste gut und mit einem großen Palaver verhandelte er die Skizzen zu Abschlagspreisen, die Irenas Taschengeldkasse immer auffüllte. Es wurde regelrecht eine Auktion mit großem Hallo daraus. Nach Abschluss bekam Irena noch ein Omelett und Signore Poco ein paar Kotelettknochen aus der Küche. Irgendwann nach dem Krieg hatte Salvatore ihn aus einer bösen Sache herausgehauen, in die er verwickelt gewesen war, und so übertrug er seine gemütvollen Zinsen an Irena.

Sie entschloss sich, nach Schwabing zu fahren. Sie suchte ihren Wagen und Signore Poco machte sich mit einem Freudengeheul über die Weiswürstel her. In Schwabing quollen die Lokale, Kneipen und Bars über von Menschen. Es war der erste milde Abend in diesem Jahr. Irena hatte einen Parkplatz in einem Hof gefunden und eine Runde mit Signore Poco gedreht, ehe sie ihn wieder in den Wagen brachte. Da entdeckte sie an einer Straßenecke, mitten unter einem Schwarm junger Leute, eine alte Frau mit einem Blumenkorb. Es war Marie und Irena nahm die runzeligen Hände, die ihr über die Blumen hinweg entgegengestreckt wurden und presste ihr Gesicht hinein. „Oh Marie", sagte sie leise. „Bist du immer noch die Beschützerin der Blumen? Die Patronin der Baccara, der Contessa rosa?" Die Augen der alten Frau leuchteten. Sie nahm Irena in die Arme und übersäte ihr Gesicht mit Küssen. „Contessa, du bist groß und schön geworden, die Zeit vergeht und ich habe nicht geglaubt dich wieder zu sehen." Sie griff in ihren Korb und holte eine Baccara-Rose hervor, die aufgeblüht war wie eine dunkelrote Barocktasse. „Es sind die Rosen der Liebenden, ich hatte einen ganzen Strauß und diese ist die letzte, sie gehört dir." Irena sah die alte Frau aus ihren grünen Augen an: „Ich danke dir, du kannst kaum ermessen, was sie für mich bedeutet." Dann ging sie mit winkender Hand durch die Menschen davon.

Irena war berauscht von dieser milden Nacht, die sie fast schmerzend in die Zeit ihrer Kindheit zurückflutete. Sie ließ sich von den Menschen treiben wie ein kleines, müdes Tier, voll trauriger Sehnsucht nach Wärme. Sie lehnte an einer Mauer und sah eine Treppe hinab, die in die Dunkelheit eines Hinterhofs führte. Auf den ausgetretenen Steinstufen, im nächtlichen Schatten der Mauer, bewegte sich eine kleine, weiße Gestalt. Irena folgte ihr die Stufen hinab und griff in das weiche Fell einer Katze. Der kleine Körper straffte sich unter der zärtlichen Berührung. Sie stieg mit der eigenwilligen steifbeinigen Verzücktheit der Katzen über Irenas Füße hinweg auf einen Mauerabsatz. Irena sah in der Dunkelheit nur einen hellen Fleck. Sie öffnete die Lippen zu einem weichen Kehllaut. Die Antwort war ein rauchiges ‚Maoo'. Der weiße Fleck stieg weiter in der Mauer hoch und entschwand wie eine Taube in der Nacht. Irena starrte ihm nach. Ihre Lippen waren geöffnet zu einem heiseren, kleinen Schrei, einem Laut der Sehnsucht, des Alleinseins, des in sich Gefangenseins, doch kein Ton drang aus ihrer Kehle.

Sie stieg die ausgetretenen Steinstufen weiter hinab und presste die Hände gegeneinander, um die eben empfangene Berührung, darin gefangen zu halten. Am Fuß der Treppe blieb sie unter einer Lampe stehen und lehnte sich gegen die Mauer. Der Himmel über ihr war wolkenlos und klar. Irgendwo drang der laute Wortwechsel zweier Männer aus einem Fenster. Aus dem Winkel des Hofes stiegen plötzlich einsam und klar die Töne einer Klarinette empor, wie der Gesang einer Sirene hoch über dem Meer. Sie stiegen wie ein einsamer Vogel in klarer Luft,

stiegen und fielen, stiegen und fielen, ‚Ackerbilk‘, dachte Irena. Acker-
bilks Klarinette mit dem schwarzen Zigeuner. Jetzt sah sie, dass der
hintere Hof in ein gelbliches Licht getaucht war, das aus einer Bar kam.
Das Lied der Klarinette brach unverhofft ab. Die sehnsuchtvolle Magie
dieses alten Liedes war zerbrochen wie Glas, zersprungen in tausend
glitzernde Splitterstücke.

Irena rieb sich die Stirn und ging auf die Bar zu. Neben dem Eingang der Bar trat sie zurück in den Mauerschatten. Sie fühlte die Leere,
die sie nun schon so lange ausfüllte. Sie lehnte sich gegen die Wand des
Hauses und schloss die Augen. „Guten Abend!" Er stand im Eingang der
Bar direkt neben ihr. In ihrer Beladenheit hatte sie nicht bemerkt, dass
jemand neben sie getreten war. Die Hälfte seines braunen Gesichtes lag
im Schatten der Nacht, wie eine ebenmäßig geschnitzte afrikanische
Maske. Irena sah ganz nah seine festen weißen Zähne und den Schatten
seines elastischen Körpers. Sie antwortete nicht. Sie lehnte mit schmerzenden Schläfen an der Mauer und schwieg. Aus Schatten und Licht
fragten die weißen Zähne: „Schüchtern?" Keine Antwort. Er machte
Zischlaute wie eine Schlange: „Tzzz, tzzz", und lachte in sich hinein.
„Jo", rief jemand aus der Bar, „studierst du die Venus? Gib es auf, da
kommen weder die Russen noch die Amis die nächste Zeit hinauf." Es
lachten eine ganze Menge Männer und dann sang Edith Piaf ‚Milord‘.

„Schnabel halten", knurrte Jo leise, „Schnabel halten." Sein Körper
löste sich von dem hellen Eingang und war mit ein paar geschmeidigen
Bewegungen neben ihr. Irena wich zurück. „Na komm schon, sei nicht
so." Er hatte eine angenehme Stimme, aber er roch auch stark nach
Alkohol. Irena stieß ihn vor die Brust. Er gab einen kleinen erstaunten
Laut von sich. Für Sekunden war es still zwischen ihnen. Irena wich
weiter zurück, dann griff er so schnell nach ihr, dass sie gegen die Mauer
kippte. „Loslassen", keuchte sie, „loslassen!" Sie bekam eine Hand frei
und schlug mit der flachen Hand in das Gesicht vor ihr. Sie sah ihn nur

schemenhaft in der Dunkelheit, aber die Hand schmerzte und so schlug sie noch einmal zu. Sie hörte einen zischenden Laut und dann traf sie ein Schlag am Hals.

Der helle Eingang der Bar fing an zu schwimmen. ‚Milord' sang Edith Piaf und ihre Stimme kippte hinter eine Wand aus Watte, die jeden Laut schluckte. Langsam rutschte Irena an der Wand hinunter. Wie Marionetten bewegten sich Gestalten in der Dunkelheit, dumpf fiel etwas auf den Boden und der Eingang der Bar schwamm immer noch. „Jo?" Im Eingang der Bar stand ein Mann, dann rief er: „Enrico, komm schnell", und sie rannten in die Dunkelheit. Irena sah schemenhaft wie sie eine Gestalt festhielten und in die Bar schleppten. Für Sekunden erhellte das Türviereck das wutverzerrte Gesicht des Afrikaners.

Irena starrte in die Dunkelheit. „Fort", dachte sie, „nur fort von diesem Ort", aber ihr Rücken lehnte krampfhaft an der Mauer und mühselig rang sie nach Luft. „Kommen Sie, ich helfe Ihnen auf", sagte eine warme Stimme, zwei kräftige Hände zogen sie wie ein Rettungsanker hoch, legten sich um ihre Schultern und führten sie in die Bar. Im Nu war sie von mehreren Männern umringt, die alle durcheinander sprachen. Wie perlende Seifenblasen erschien ihr das Licht in der Bar, ohne dass sie sich konzentrieren konnte. Ihr Hals schmerzte und ihre Beine hätten einen Blitzstart nicht geleistet. „Enrico, einen Cognac für die kleine Schönheit", sagte der Mann, der Irena in die Bar hineingeführt hatte Er hatte den weichen Kehllaut des Südländers und das klassische Profil eines Römers. Irena spürte den Rand des Cognacglases an ihren Zähnen und der erste Schluck brannte ihr wie Feuer bis in den Magen. Die Normalität kehrte zurück. Der Römer sah sie mit dunklen Augen aufmerksam an. „Besser?", fragte er leise. Sie nickte. „Sie müssen meinem Freund Jo verzeihen. Ich weiß nicht, was da draußen zwischen ihnen vorgegangen ist, aber er hat sie sicher missverstanden. Er hat in Südafrika mit weißen Ladys böse Erfahrung gemacht. Er war dort nicht einmal mit Rechten ausgestattet, die man einem Straßenköter zugesteht. So kann man vielleicht verstehen, aber doch nicht erwarten, dass er so ausflippt. Aber eines weiß ich sicher, er ist ein fleißiger und hochbegabter Künstler. Er macht aus Ton Figuren, in denen die Mystik und Urform der Mutter Erde liegt. Ich habe so etwas Wunderbares vorher noch nie gesehen." ‚Er hat den Akzent der Lombarden‚ dachte Irena, ‚Brescia oder Bergamo.

Plötzlich war sie zum Umfallen müde. Was wollte der Afrikaner vorhin und jetzt dieser römische Gott von ihr? Zufällig war sie die Treppe herunter in den Hof gekommen, der süßen Wärme eines Tieres folgend. Wenn sie an ihr Leben zurückdachte, so war der Zufall ihr wahrer Vater. Von ihrer Mutter wusste sie so gut wie nichts und auf der Suche nach ihrer Mutter hatte Salvatore sie gefunden. So war sie die Tochter des Zufalls geworden. Der leichtfüßige Schritt aus dem Nichts, der immer einen Schritt schneller war als ihre Person, als ihr Verstand, als ihr Gefühl. Sie rutschte von dem Barhocker und stieß mit den Knien gegen die Bartheke. „Hoppla, nicht so eilig", sagte der römische Gott. „Ihre Erholungspause ist noch nicht zu Ende. Sie sind noch ganz schön weiß um die Nase. Kann ich etwas für Sie tun?", fragte er freundlich und seine dunkelbraunen Augen sahen sie ernsthaft an. Wärme stieg in Irena auf: „Nein, danke, aber Sie haben sicher Recht, ich sollte noch ein wenig bleiben und diesen Cognac in kleinen Schlucken zu Ende trinken." Er legte seine Hand auf die ihre: „Sie haben mir noch nicht verraten, ob Sie meinem Freund Jo verzeihen werden. Wir haben ihn geradeaus in sein Bett transportiert. Morgen, wenn er seinen Rausch ausgeschlafen hat, wird er uns kaum glauben wollen, dass er das angestellt hat, was er angestellt hat."

Irena sah in ihr Glas: „Es war eigentlich nicht meine Person, die er verletzen wollte, das habe ich schon verstanden. Trotzdem hat er mich auf eine Weise getroffen, an die ich mich noch länger erinnern werde. Er hat die Barriere zwischen Stolz und Demut durchbrochen. Beide Seiten hat er in Sekunden zerkleinert aus einer zufälligen Situation heraus. Er hat die Abgrenzung meiner Person im weitesten Sinne verletzt. Er hat mir gezeigt, wie leicht und schnell mein Eigenschutz in Frage gestellt ist, wenn das Gegenüber keine Hemmschwelle kennt. Eine Situation, in die sich kein Mensch begeben sollte, geschweige denn eine Frau." Nun sah sie ihm in die Augen und stellte fest, dass ihre Worte an seiner Männlichkeit, seiner Mentalität, seinem Verstand, seinem Gefühl angeklungen waren. Er war betroffen, schwieg. Das leicht Spöttische war aus seinen dunklen Augen verschwunden.

Er öffnete die Hand und der zerdrückte Blütenkelch ihrer Baccara-Rose kam zum Vorschein. Irena nahm die Blüte in die hohle Hand. Er zahlte und sein Blick blieb auf sie gerichtet, wie sie im stillen Zwiegespräch mit der Rose dasaß. „Mein Name ist Romano Seravino", sagte er leise. „Ich komme aus der Provinz Brescia in Italien. Ich betreibe dort so recht und schlecht Kunst in einem Arbeitsatelier. Nach meinem Kunststudium hier in München kehre ich immer wieder hierher zurück. In dieser Stadt gibt es Freunde und Gegebenheiten, die ich nicht missen möchte." „Das stimmt." Irenas grüne Augen umfassten ihn. „In diese Stadt kehrt man immer wieder zurück. Aber jetzt muss ich gehen. In einem abgestellten Auto wartet ein kleiner Dackelrüde auf mich und zu Hause ein alter Herr, dessen ganzer Trost ich bin." Er nahm ihre Hände: „Ich begleite Sie auf die Straße." Sie verließen gemeinsam die Bar und gingen im nächtlichen Schatten der Häuserfronten die Steintreppe hinauf auf die Straße. Er blieb stehen. „Wie heißen Sie, carina?" Das Licht der Straßenlaternen fiel von seinen Schultern wie der Vorhang mattschimmernden Regens. Er stand ganz still, als lausche er auf einen Gesang, der in diese Nacht eingebunden war. „Irena." Langsam wich sie von ihm zurück, drehte sich um, die Kehle brannte ihr und ihre Schritte wurden immer schneller.

In der Seitenstraße überrannte sie fast das kleine Sportcoupé. Sie schloss den Wagen auf und ließ sich in den Sitz fallen. Sie zog Signore Poco an sich und vergrub ihr Gesicht in seinem warmen Fell. ,Dieser Eisblock in mir gibt nicht nach. Guter Gott, dio mio, wie werde ich damit fertig? Sie starrte durch die Frontscheibe wie durch einen gläsernen Sarg.

Der wilde Garten lag im Schatten der Nacht, als Irena das Haus betrat. Im Turmzimmer brannte kein Licht und Irena setzte Signore Poco auf den Boden und hörte, wie er in sein Körbchen stieg. Sie schloss die Türe und lehnte sich dagegen. „Ich bin hier, bambina mia." In der Richtung des alten Ohrensessels glühte ein roter Punkt, Salvatores Pfeife. Sie ging durch das dunkle Zimmer, kniete nieder und legte ihren Kopf auf seine Knie. „Der Eisblock will nicht schmelzen, er hat kaum Risse bekommen und sie genügen nicht zum Atmen. Ich bin am ersticken Salvatore, hilf mir, hilf mir leben, Salvatore Bonazzi."

Salvatore trug den dampfenden Kaffee zu dem Tisch im Erker. Er hatte Eier mit Schinken und Toast gemacht. Als Italiener war es das einzige Gericht, das er aus der englischen Küche akzeptierte. Außerdem war es eine Hinterlassenschaft von Mike und eine Erinnerung an gute Zeiten. Der Morgen sah verhangen durch das Erkerfenster und lag grau und schwer über der Stadt. Irena lehnte das Gesicht an die kalte Fensterscheibe und sah in den Garten hinunter, der nass und blattlos dalag. Tropfen hingen in den leeren Zweigen der Rosenhecke, als weine sie und hätte niemals geblüht. „Du grübelst zu viel", sagte Salvatore aus der Tiefe des Zimmers in Irenas Gedanken hinein. „Du versuchst, den Tod Renés zu ergründen. Den Sinn warum er dich so früh verlassen musste. Aber der Tod braucht keinen Grund. Er ist da, immer gegenwärtig, und die Wandlung beginnt, ohne dass ein Verhindern möglich ist. Aus dem kurzen Traum eurer Vereinigung bist du zurückgeblieben, wie ein Blatt vom Vorjahr. Dem Verfall preisgegeben, denkst du, dem Leben entzogen, der Auflösung anheim.

Gestern Abend habe ich auf dich gewartet und als du kamst, habe ich weiter gewartet. Doch die durchsichtige Perle der Erlösung, die Träne, la lacrima, die Sanftheit des Herzens, entrang sich deinen schönen Mondaugen nicht. Es stand nur die flackernde Verzweiflung darin."

„Salvatore, du bist der einzige Mensch auf dieser Welt, dessen Herz ich ganz ausfülle", sagte Irena leise gegen das Glas der Scheibe. „Es ist wahr, ich möchte mich auflösen. Ich weiß mit dem kommenden Tag nichts anzufangen, da der vergangene Tag seine ganze Leere für ihn übrig gelassen hat. Jeden Morgen beginnt das gleiche Spiel, der Faden, an dem mein Leben hängt, scheint sich immer weiter auszudehnen und von mir zu entfernen." Sie wandte sich vom Fenster ab und ging zu ihm. Mit den Fingerkuppen berührte sie zärtlich die Falten, die das Leben in sein Gesicht gezeichnet hatte, das schwere Kinn, die eisgrauen Haare. Er nahm sie in die Arme und mit seiner Umarmung fiel eine nachtfarbene Blüte aus dem Brautkranz des Todes, der sie gefangen hielt.

Gegen Abend brachte Salvatore eine flache Reiseschreibmaschine mit nach Hause. „Die Remington, das alte Ungetüm, müssen wir einem Museum schenken. Diese kannst du überall hin mitnehmen." Irena sah ihn fragend an. Er ging zu seinem überladenen Schreibtisch und suchte sich eine Pfeife heraus. „Bambina, heute habe ich mit San Felice telefoniert. Erinnerst du dich an Rosetta Masoni? Diese zarte, schmale Frau mit den sehnsüchtigen Augen, der die Erfüllung ihres Kinderwunsches immer versagt geblieben ist. Du lebtest bei ihr. Als ich dich fand, drehte sie sich schweigend um. Sie wusste, dass ich dich damals mehr zum Leben brauchte als sie. Sie lebt seit Jahren in San Felice an den Hängen des Gardasees. Sie hat mit ihrem Mann dort eine kleine Trattoria übernommen und ich denke sie freut sich sehr, dich wieder zu sehen." Glaubst du, dass das gut sein wird, Salvatore Donacci? So weit von dir entfernt?" Er schwieg. „Es wird gut sein", sagte er nach einer Weile, „das Leben geht weiter, es muss weitergehen. Der Lauf der Zeit stellt keine Fragen, seine Uhr läuft einfach weiter und vielleicht ist es gut so, dass wir das nicht ändern können."

Er sagte ihr nicht, dass er das schon länger eingefädelt hatte, in Sorge um sie. Dass er allein zurückblieb und die Einsamkeit sein Preis dafür war, verschwieg er ihr. Als sie mit René ging, wusste er, dass sie ins Leben hinaustrat und glücklich war. Aber nun ging sie in das Ungewisse und allein, nachdem das Glück kennen gelernt hatte. Zurück blieb der Schmerz und das beunruhigte ihn. Die Masonis waren liebevolle Menschen und der Sommer stand vor der Tür in diesem schönen Land, darüber machte er sich keine Sorgen. Sorgen trug er um Irena, sie war ihrer Mutter so ähnlich. Er würde nie wagen, ihr das einzugestehen. Er hatte Elisabetha geliebt wie keinen anderen Menschen, vielleicht auch, weil so vieles um sie eigenwilliger und anders war. Sie lebte von einer innerer Kraft, die wie Licht nach außen drang, die sich im Zorn wie eine Implosion zusammenziehen konnte zu einem machtvollen Schweigen. Man konnte sich nur nach ihr sehnen, sich nie von ihr abwenden. Die Härte des Verlustes traf ihn wieder nach so vielen Jahren. Schweigend ging er zu Bett.

Irena hatte all ihre Sachen in dem Sportcoupé verstaut. Die obere Etage des alten Hauses lag in ihrer Vertrautheit vor ihr, als sie Abschied nahm. Signore Poco saß in seinem Körbchen und schmatzte Weißwürstel, die Irena ihm mitgebracht hatte. Salvatore folgte ihr langsam die Stufen des Treppenhauses hinab. Sein Gesicht war verschlossen, in seinen dunklen Augen lag der Blick eines Herrschers. Als er die Hand hob und ihr zärtlich über die Stirn strich, sagte er: „Fortuna, bimba, all meine Gedanken ziehen mit dir. Fortuna, meine kleine amore."

In Innsbruck war schon Frühling. Die Sonne schien hell, warm und wohltuend. Irena machte eine Pause und aß in einem Restaurant zu Mittag. Auf der Straße zum Brenner war wenig Betrieb und an der Passkontrolle stand nur ein Wagen aus Verona. Als Irena ausstieg, um Geld zu wechseln, blies ihr ein kalter, rauer Wind ins Gesicht. Das Bergmassiv der Dolomiten war verhangen und so fuhr Irena in den Abend hinein bis nach Riva. Das Städtchen mit seinem Museum am Hafen und der Burgruine des Waffenmeisters Hildebrand hoch über den Klippen am Eingang der Tunnelgruppe der Gardesana lag still und verlassen. Noch war keine Touristenzeit, so waren die Italiener unter sich. In einer Trattoria aß sie zu Abend. Die Chefin bediente sie persönlich. Es gab eine vorzügliche Lasagne, danach Tiroler Speck mit braunen Bohnensalat, Chicoreegemüse mit Parmesan überstreut und einen Merlot, der schwarz wie Tinte war. Dazu das Weißbrot, knusprig, zart, dass man es mit den Fingern zerpflücken konnte. Irena genoss das Essen, die freundliche Atmosphäre, die Zureichung der Signora.

Hier fühlte sie auf gelassene Weise, dass es das Land ihrer Vorfahren war. Hier war sie geboren, hier war sie zu Hause, hier lagen ihre Wurzeln. Es war der Geruch des Windes, der über den See strich. Der Geruch der Erde und des Weines, sangue della nostra terra. Wein, das Blut unserer Erde. Anschließend parkte sie den Wagen am Hafen und sah hinaus auf den nächtlichen See, den Lago di Garda, der hier noch zwischen hohen Felswänden lag wie in einer vorweltlichen Klamm. Hildebrand hatte oberhalb des Hafens von Riva einen Wachturm in die Felswand bauen lassen zum Schutze seines Fürsten und seiner Ritter vor Angriffen der Bergbevölkerung. Denn sie fuhren per Schiff vom Süden des Sees aus mit Pferden und Lasttieren bis Riva. Von dort ritten sie durch die Dolomiten über den Brennerbergpass, um nach Wien zu ihrem Lehnsherrn, König Etzel, dem Hunnenkönig, zu kommen. Hildebrand war treuer Kampfgefährte des Dietrich von Bern (Fürst von Verona). Die Namen der Städte mögen sich ändern, aber dieses Volk hier war alt und ebenso seine Geschichte. Die Berge stiegen wie mächtige dunkle Riesen aus dem Wasser. Oberhalb der steilen Felsen blinkten vereinzelt Lichter auf. Wind kam vom Wasser her und Irena fröstelte.

Die Tunnelgruppe der Gardesana zog sich unendlich und Irena trat das Gaspedal durch. Endlich passierte sie Gardone Riviera und dann die Stadt Salò, die an der größten Bucht des Sees lag. Die Straßen, an denen die Zypressen wie spitze, schwarze Zäune entlang standen, waren leer. Eine Stille so ganz anders als in den Sommermonaten. In Serpentinen fuhr sie an den Hängen über dem See hinauf nach San Felice.

Die Gässchen lagen verlassen und die Trattoria von Rosetta Masoni war geschlossen. Sie pochte an die Haustür und nach einer Weile öffnete sich über ihr ein Fenster und Rosetta Masoni sah auf sie herab. Sie hörte die kleine Frau eilig die Treppe herunterkommen und die Tür öffnete sich. „Willkommen, Irena." Zwei kleine, feste Hände streckten sich ihr entgegen und Irena wusste, dass sie in dieser Frau etwas besaß, das ihr niemand nehmen konnte.

Irena hatte tief und traumlos geschlafen. Es war ein Erwachen wie lange nicht mehr. Frisch und gründlich ausgeschlafen. Von der Straße herauf drang der Lärm spielender Kinder und die Rufe eines fahrenden Milchmanns, der frische Butter und Käse anbot. Irena stand auf und atmete am Fenster die Luft ein, die vom See heraufkam. Beladen mit dem Morgenduft von schwerer Erde, Früchten, Kaffee und frischem Brot. Ein wundervolles Duftgemisch, das diesem Land zu eigen war und das sie liebte.

Die Trattoria war nicht groß. Es gab eine Bar für einen schnellen Espresso. Hölzerne Tische und Stühle, von denen einige draußen auf der buckligen Straße standen. Es war sauber und adrett, roch einladend nach Kaffe und frischen Brötchen. Ein paar Männer saßen draußen in der

Morgensonne, lasen Zeitung oder diskutierten über die neusten Ereignisse. Signora Rosetta stand an der Kaffeemaschine und lächelte Irena zu. „Ausgeschlafen, bambina? Komm, ich mach dir einen großen Café latte und frische Hörnchen, wenn du magst. Dino, Irena ist munter", rief sie hinaus. Ein untersetzter Mann mit schwarzen, aufmerksamen Augen löste sich aus dem Kreis der Männer und kam herein. „Guten Morgen, Irena. Mein Gott bist du groß geworden", seine fleischigen Hände fassten herzlich zu. „Fabio, Claudio, Marcello", rief er hinaus, „schaut euch unsere carina an, ist sie nicht bildschön?" Die Männer kamen herein und begrüßten Irena laut und herzlich. Rosetta scheuchte sie alle wieder hinaus „Ihr alten Gockel, lasst mir die Kleine in Ruhe. Verwöhnt lieber eure Frauen zu Hause. Komm, bambi, iss und trink etwas." Unter den lächelnden Augen Rosettas setzte Irena die große Kaffeeschale an die Lippen und genoss den Café latte wie eine wiedererlangte Kostbarkeit aus längst vergangenen Kindertagen.

Der Himmel zeigte dasselbe makellose Blau wie die Winden an Rosetta Masonis Haus. Selbst in der Feuchtigkeit über den Berghängen stand dieses Blau und machte die Luft transparent. Über der glatten Fläche des Sees hing eine milchfarbene Dunstsäule, die ein einfallender Wind mit einem Wirbel zerstob. Die Obst- und Weingärten zogen sich an den Berghängen hinauf und schimmerten mit einem matten Blaugrün über die Bucht. Irena lag unter dem weiten Dach einer Akazie und sah durch die gefiederten Blätter in den Himmel. Die Blütezeit der Akazien, dieser Nomadin aus den afrikanischen Savannen, war vorüber. Irena bedauerte das, aber gleichzeitig war sie auch froh darüber. Ihr Duft war berauschend und mit sehnsüchtigen Erinnerungen an die Zeit mit René verbunden. Sie lag im Gras in einer matten, wohltuenden Stimmung, in der die Konturen verschwammen wie auf einem unscharfen Aquarell. Es war das erste Mal nach Renés Tod, dass Ruhe sie erfasste. Ein tiefgründiges, schmerzloses Schweigen wie ein Bad in schweren, nicht sichtbaren Wassern. Als würde gleichzeitig ein warmer Windhauch heilend über ihr Herz streichen. Das strahlende Gift der Erinnerung dünnte sich aus. Sie glitt hinüber an die unscharfe Grenze zwischen Wachen und Schlafen, an den schmalen Horizontgrad, auf dem eine Seele entschlüpfen kann.

„Signorina, Signorina!" Irena schlug die Augen auf. In einiger Entfernung stand ein Mädchen im Wind und spielte mit ihrem schwarzen Haar. Sie stand staksig und ungelenk dort. Als sie Irenas Blick fühlte, zerrte sie an ihrem Kleid. Aber ihre schönen Madonnenaugen sahen neugierig zu ihr herüber. Sie tasteten sich mit den Augen ab wie Flusskrebse im seichten Wasser. Dann setzte sich das Mädchen auf den Hügel nieder und fing an imaginäre Spiele mit der Erde vor ihr zu spielen. Sie hielt den Kopf gesenkt, aber ihre schwarzen Augen unter dem festen Wimpernkranz beobachteten jede Einzelheit der im Gras liegenden jungen Frau. Irena lächelte: „Vieni, vieni qua, komm her zu mir!" Die Kleine sortierte weiter ihre unsichtbaren Steine mit größter Sorgfalt. Dann stand sie auf, ging zu dem Stamm der Akazie und riss ein Stück Rinde ab. Irena lachte herzlich und auf dem kleinen Gesicht über ihr spiegelte sich das Lachen wieder. Die ernsten Augen wurden heiter und das Mädchen setzte sich neben Irena. Gemeinsam sahen sie über die Bucht von Salò hinüber zum Monte Baldo, der um diese Jahreszeit noch eine Schneehaube trug. „Du wohnst bei Signora Rosetta?", fragte das Mädchen mit heller Stimme. „Willst du bei ihr arbeiten?" Irena schüttelte den Kopf: „Ja und nein, ich werde bei ihr schreiben." „Briefe?" Erneut musterten die schwarzen Augen Irena aufmerksam, als vermute sie hinter dem Wort Briefe ein großes Geheimnis. „Nein, keine Briefe, bambi, vielleicht eine Geschichte!" Das Mädchen scharrte mit dem Fuß ein paar Steine aus der Erde und warf sie in weitem Bogen davon. „Mein Bruder bekommt viele Briefe aus Deutschland. Er liest sie kaum und wirft sie alle in einen Kasten. Mama schimpft, sie sagt, es steht viel amore in den Briefen und eines Tages wird sie sie alle verbrennen." Sie sah Irena fragend an, als erwarte sie eine Erklärung für diese Briefe, für amore und den Zorn ihrer Mutter. Irena lächelte. Was mochten in diesem Mädchenkopf die Gedanken für Sprünge machen, über die Briefe ihres Bruders und die Liebe. Eines Tages wird auch sie erfahren, was es heißt zu lieben. ‚Auch sie mit ihren schönen Augen wird nicht verschont bleiben‘, dachte Irena plötzlich bitter. Sie erschrak über den metallisch-kalten Gedanken, der ihr jeden Mut an die Zukunft nahm.

Ihr Blick kehrte zurück zu dem Mädchengesicht in dem fließenden Licht dieser Landschaft: mit einer geraden, noch unvollendeten Nase, den weiten Pupillen, umsäumt von einem festen Kranz aus schwarzer Wimpern, dem kleinen, nach oben geschwungenen Mund. Eckige, gerade Schultern, einen gebogenen, schmalen Brustkorb, der flach war und noch keine fraulichen Rundungen zeigte. Die langen, sehnigen Beine waren noch zum knabenhaften Sprung bereit, wie ein galoppierendes Fohlen auf der Frühjahrsweide, wild, lebenshungrig und inbrünstig.

Irena fühlte sich ihrer eigenen Kindheit gegenüber, ein Schauer überlief sie. ‚Sie mag neun oder zehn Jahre alt sein‘, dachte sie. ‚Noch fünf oder sechs Jahre und sie wird aus ihrer Kindheit heraussteigen wie Aschenputtel aus ihrem alten Kleid. Sie wird wunderschön werden.‘ Der Wind brachte ein kühle Prise vom See herauf und die Sonne hatte sich geneigt. Irena stand auf. „Es wird kühl, bambi, ich glaube, wir sollten nach Hause gehen.“ Das Mädchen lächelte zu ihr auf: „Ich heiße Antonia.“ „Was für ein wunderschöner Name. Also gehen wir, Antonia!“

Antonia besuchte Irena jeden Tag. Sie war eigenwillig und besaß eine ungezähmte Fantasie. Wenn sie kam, schob Irena ihre Reiseschreibmaschine beiseite, alles Vergangene ließ sie hinter sich zurück, um mit diesem zauberhaften Wesen in das Niemandsland ihrer Kindheit zurückzukehren. Sie jagten wild und unbändig Eidechsen auf den sonnenerwärmten Hängen über dem See. Oft aber saßen sie still an einem Abhang und sahen in die blau vibrierende Weite. Ein mächtiger bewegter

Luftstrom stieg vom See herauf, als wäre er der Mund der Welt, der lautlos atmet. Dann lauschte Irena den fantastischen Geschichten Antonias.
Ihre Lieblingstiere, die ihre Fantasie beflügelten, waren die bunten
Eidechsen, die zu wunderschönen Königsdrachen wurden, und die Katzen, denen verwunschene Seelen innewohnten und die mit ihrer Augen-
und Körpersprache die Nähe der Menschen suchten. Irena bewunderte
das Feingefühl und die Beobachtungsgabe Antonias zu all diesen Ge-
schöpfen. Die Basis ihrer Geschichten waren einfache Wahrheiten, über
die man nur staunen konnte. Das Fantastischste und Unbeschreiblichste
aber waren die Schlangen. Am Gardasee gibt es in den Felsen die Vipern
und am See die Äskulapschlangen, die das warme Wasser lieben. Nicht
ohne Grund haben die Mediziner des Altertums als medizinisches Wahr-
zeichen den Äskulapstab mit dieser Schlange gewählt. In unveränderter
Form hat er bis heute Gültigkeit. Sie ist eine ungiftige Würgerin, die bis
zu eineinhalb Meter lang wird. Man sagt ihr Klugheit, Weisheit, Heil-
kraft und Besonnenheit nach.

Eines Tages beobachtete Irena, wie Antonia zwischen zwei Reb-
stockreihen flach auf dem sandigen Boden lag. Sie hatte eine Hand vor-
gestreckt mit der Handfläche nach oben. Reglos lag sie da und in einiger
Entfernung lag ebenfalls reglos eine Äskulapschlange. Eine Zeit lang
bewegte sich keine von beiden, dann glitt die Schlange auf Antonia zu.
Irena blieb wie angewurzelt stehen. Die Schlange verhielt vor der geöff-
neten Hand, hob den Kopf und neigte ihn wieder. Wie ein Band aus
Perlmutt zog sie über die dargebotene Hand dahin, um blitzschnell in
einem Grasbüschel zu verschwinden.

„Antonia!" Heiser löste sich der Laut aus Irenas Kehle und sie lief
auf Antonia zu. „Was machst du da um Gottes willen?" Antonia erhob
sich aus dem Sand wie im Traum und drehte sich nach Irena um. Die
Hand, über die die Schlange geglitten war, hielt sie jetzt geschlossen zu
einer kleinen, weißen Faust. „Sie hat mich berührt", sagte Antonia ernst.

„Sie war damit einverstanden mich zu berühren und wird mich von jetzt ab immer erkennen." Ihre schönen Augen schweiften ab und ihre Gedanken schienen sich wie ein wiegender Schlangenkörper durch das Gras zu bewegen. Erleichtert atmete Irena auf. Als die Schlange auf Antonia zugeglitten war, war ihr bewusst geworden, dass dieses halbe Kind, dieses eigenwillige, verwirrende Geschöpf ihr zur pulsierenden Lebensader geworden war. Jetzt da Antonia heil vor ihr stand, der Schreck verflogen war wie ein Schatten, lachte sie erleichtert auf: „Schlangen haben kein Nummernschild und sie können nicht reden!" Antonias Augen wurden schwarz. „Ich haben mit ihr mit den Augen geredet", sagte sie mit einem tiefen Ton in der Stimme. „Schlangen riechen mit der Zunge und reden mit den Augen, sie sind taub, wusstest du das nicht?"

An diesem Abend saß Irena lange in der Dämmerung in ihrem Zimmer und dachte über das Mädchen Antonia nach. Signora Rosetta kam herauf und brachte ihr Trota alla griglia. Seeforellen auf offener Holzasche gegrillt, gefüllt mit gemahlener Kalbsleber, Zwiebeln und Salbei. Ein köstlicher Duft entstieg dem Essen, der alle Lebensgeister weckte. Irena sah zu der brillanten Köchin auf. Rosetta strich ihr als Antwort auf ihren Blick zärtlich über das Gesicht: „Du willst arbeiten, nicht wahr? Ich werde dich nicht stören, buon appetito, amore", und auf flinken Füßen ging sie wieder hinaus. Irena nahm die vielen losen Blätter von der Schreibmaschine und sah sie durch. Ihr wurde klar, dass kein Verleger einen Pfifferling dafür geben würde. ‚Es ist der Grund meiner Seele, der diesen blinden Spiegel trägt, der diesen Klang ohne Widerhall hat‘, dachte sie betrübt.

Langsam aß sie die Seeforelle, brach bedächtig das Brot wie Jesus in seinen letzten Stunden und trank den Clinto aus Rosettas Weinkeller dazu. Der delikate Geschmack des Essens und der Wein erhellten ihre Gedanken und ihre Sinne. Antonia, dieses eigenwillige Geschöpf war der Lichtpunkt ihres jetzigen Lebens. Der pfeilgerade Sonnenstrahl, der alle Wolken verjagen konnte. Eine Art Zwillingsschwester, die zwölf Jahre spater als sie auf die Welt gekommen war, ohne dass die Verbindung der Dualität verloren gegangen war. Eine Doppeleinheit, die keine Erklärung brauchte. Antonia sollte der Grund zum Schreiben sein. Die Geschichten einer jagenden Seejungfrau. Das Bild einer Nymphe in den Fluten unterhalb des Monte Baldo. Wenn dieser mächtige See, gepeitscht durch ein Unwetter, kochte, die Luft über den aufsteigenden Wassermassen schwefelgelb wurde und die Warnhörner für die Boote von Malcesine herüberhallten, entsprach das genau ihrer Natur: Dann war sie Jungfrau von Orléans und Drachenbändigerin zugleich, Bändigerin des Wappentiers der Kelten. Eine wissende Seherin aus vergangenen Zeiten.

Die nächsten Tage waren verhangen. Ein feiner Regen fiel wie ein Vorhang vom Himmel. Er sprühte in Kaskaden von den Palmen an der Seepromenade und den Dächern der Häuser. Die Feuchtigkeit hing in der Luft und mischte ein flirrendes Licht wie in einem Aquarium. Es waren sanfte, stille Tage. Irena half Rosetta hinter der Theke. Die Italiener genossen die Ruhepause der Natur und blieben unter sich. Sie luden Freunde ein und waren bei Freunden oder im weiten Kreis der Familie. Sie tranken einen Espresso an der Bar und sahen gelassen in den sanften Regen hinaus. Der Sommer stand vor der Tür und dann waren sie nicht mehr unter sich, dann waren sie wieder in allen Dienstleistungen der Nabel der europäischen Nation.

Während Irena Gläser spülte, Espressi zubereitete und Vino ausschenkte, umkreisten ihre Gedanken das Mädchen Antonia. Sie nahm sich vor, sie gut zu beobachten. Am Nachmittag kam Antonia. Ihr schweres Haar hing ihr nass im Gesicht, sie schüttelte es und fluchte. Dann setzte sie eine Katze auf den Boden, die sie unter dem Arm mitgebracht hatte. „Das ist Stelina", sagte sie mit rauer Stimme. „Romano ist heute nach Hause gekommen; er mag Stelina nicht. Er sagt, dass sie

alt ist und unfruchtbar, man sollte sie in den See hineinwerfen. Sie setzte
sich mit der Katze auf eine Bank. „Er versteht das nicht, nichts versteht
er von Frauen", sagte sie böse. „Stelina ist klug, sie weiß, dass sie alt
und schwach ist. Sie kann nur noch ein Kind ernähren, nur für so ein
kleines Katzenkind reicht ihre Milch!" In solchen Augenblicken war
Antonia kein Kind mehr. Ihr noch unvollendetes Profil bekam einen
harten Ausdruck. Die steile Falte zwischen den schönen Augen machte
sie zu einer finster blickenden, richtenden Göttin. Die Katze stand
witternd im Raum, dann ging sie auf weichen Pfoten von Gegenstand zu
Gegenstand und nahm die Witterung mit zitternden Barthaaren auf.
„Schau nur, es gefällt ihr", jubelte Antonia. „Willst du sie nicht solange
behalten? Sie ist mir das Liebste und ich habe wirklich Angst, Romano
wirft sie in den See." „Wenn es ihr gefällt und sie bei mir bleibt, natürlich Antonia, dann kannst du trotzdem jeden Tag mit ihr spielen. Ist dein
Bruder denn wirklich so boshaft?" Antonia sagte niedergeschlagen:
„Eigentlich nicht, aber manchmal wirkt er so finster, dass ich Ängste
bekomme und nicht weiß, ob er wirklich tut, was er sagt. Stelina ist
meine Freundin so lange ich denken kann."

Irena lächelt und schwieg. Auch sie hatte einen vierbeinigen Freund
aus ihrer Kindheit, den sie nicht missen wollte, Signore Poco. Wenn man
Tiere liebte, dachte man nie daran oder wollte nicht daran denken, dass
ihr Leben meist viel kürzer war als das eigene. Wenn Erwachsene so
handelten, wie sollte dann ein Kind reagieren. Sie ging mit Antonia
hinauf. Die letzten Wochen hatte sie in Rosettas Haus wie unter einem
Glücksstern gelebt. Sie war dem Kind Antonia begegnet und hatte sich
zu ihm hinabgebeugt, war die Stufen der Kindheit noch einmal hinab-
gestiegen, aus der sie erst vor ein paar Jahren emporgestiegen war, zur
Heilung ihrer wunden Seele.

„Dein Kopfkissen gefällt ihr", sagte Antonia lachend in Irenas Gedanken hinein, „da kriegst du sie nicht mehr weg. Meine Mutter hat auch

immer Kämpfe damit ausgestanden." Die Katze hatte sich auf dem Kopfkissen zusammengerollt und ließ sich von Antonia streicheln. „Ich freue mich, dass du sie auch magst", sagte sie leise zu der Katze, „ich mag sie sehr." Irena stand am Fenster, die leisen Worte drangen zu ihr herüber. Sie fühlte, dass ihre vereiste Einsamkeit sich ausbreitete wie ein Universum. Sie hörte fast körperlich, wie der Eisblock in ihr barst, lange dunkle Risse bekam.

Wie durch einen Schalldämpfer hörte sie Signora Rosettas Stimme: „Irena, Irena, o mamma mia, komm zu dir, Kind." Langsam öffnete Irena die Augen. Sie hatte das Gefühl körperlos zu sein und wagte nicht sich zu bewegen. Sie sah in das besorgte Gesicht Signora Rosettas, deren Augen voller Tränen standen: „Contessa, was machst du für Sachen? Mir ist fast das Herz stehen geblieben, als Antonia schreiend nach unten kam." Irena lächelte schwach: „Es war nichts, was dich traurig machen sollte, Rosetta. Es verlässt mich langsam eine Lebenstaubheit, das muss man erst wieder leben können." Ihr Blick glitt hinüber zu Antonia, die mitten im Raum stand, das Gesicht kalkweiß, die dunklen Augen weit. An die langen Beine die Katze Stelina gelehnt. Signora Rosetta hatte in ihrer Besorgnis den Hausarzt gerufen. Er untersuchte Irena gründlich, sah sie freundlich an, um dann mit Signora Rosetta leise und eindringlich zu reden.

Die Regenschleier fielen weiter und verwehrten den Blick auf den See hinaus. Antonia kam jeden Tag in den Nachmittagsstunden. Mit ihr kam Leben und Heiterkeit in das Zimmer und die Woche Bettruhe, die der Arzt verordnet hatte, war leichter zu ertragen. Vor dem Fenster strömte der Regen und brachte frühe Dämmerung. In dem Zimmer aber entstand eine Welt für sich. Antonia zauberte mit ihrer Fantasie eine wilde Räuberhöhle herbei in der aufsteigenden grünen Dämmerung. Langsam versickerten die Wasser der Eiszeit in Irenas Herz, wurden zum Brachland.

Heute saß Irena mit angezogenen Beinen auf dem Bett und wartete auf Antonia. „Bist du wieder gesund?", fragte Antonia atemlos von der Tür her, als sie hereinkam. „Ich hoffe es", sagte Irena lächelnd, „ich wünsche es mir jedenfalls." Antonias kleine Hand legte etwas Feuchtes auf die Bettdecke. „Romano hat mir das für dich mitgegeben. Er glaubt nicht, dass du schön bist. Ich schwindele so viel, hat er gesagt, und Rosen würden auch eine hässliche Frau schön machen." Ihre Augen schossen Blitze. Irena nahm die Rose in die Hand: „Ein boshaftes Kompliment, er scheint es ganz schön dick hinter den Ohren zu haben." Antonia nahm die Katze liebevoll auf den Arm: „Ich sage dir, er versteht nichts von Frauen, ärgere dich nicht. Mama kriegt oft einen Anfall wegen seinen Frauengeschichten. Sie sagt, er ist ein Papagallo, ein Don Juan oder so." Irena fing prustend an zu kichern und Antonia stimmte mit ein.

Ein paar Tage später kam Antonia hocherfreut herein: „Ich soll dir eine Einladung von Mama bringen für heute Abend, sie möchte dich kennen lernen. Wenn wir Besuch haben, gibt es gezuckerte Amarenakirschen, kleine Törtchen und Anislikör. Köstlich, sage ich dir. Komm mit, ja?", bestürmte sie Irena. Irena zog ihren Wettermantel an und sprach mit Rosetta. Diese strahlte: „Contessa, Antonias Mutter, Signora Seravino, ist eine tolle Frau. Ich freue mich, dass sie dich eingeladen hat." So gingen die beiden die steile Gasse zu Antonias Haus hinauf. Es hatte endlich aufgehört zu regnen und die Luft war erfüllt von dem Duft der Lorbeerhecken. „Romano ist nicht da", erzählte Antonia fröhlich an ihrer Seite. „Er ist mit einer Signora aus Milano in sein Atelier hinaufgegangen. Sie will Keramiken von ihm kaufen. Vielleicht malt er sie auch, wenn sie genug dafür bezahlt. Er kann das gut. Ich zeige dir zu Hause Skizzen, die er von mir gemacht hat. Ich wünschte, ich könnte auch so malen. Aber diese Mailänder Signora sieht aus wie eine bunt geschminkte Hexe, pah." Ein Ausruf der Verachtung, des Zorns. Wenn Antonia aufgebracht war, umgab sie eine Art Urzorn, der Respekt und

Heiterkeit zugleich in Irena hervorrief. Ihr klarer Verstand, die Ehrlichkeit ihrer Gefühle ballten diesen Zorn zusammen, dass er wie ein Sommergewitter in Hitze eskalierte. Antonia bog in einen Pfad ab. Der kühle Blätterregen des Gebüschs fiel auf sie herab, bis sie vor einer Gartenpforte stehen blieben. Es war ein wild verwachsener Garten, der das Haus mit seiner breiten Holzveranda verdeckte. Dieser Garten war in seiner Wildheit nicht traurig schön, wie Salvatores Garten, er war ungezähmt.

Josefa Seravino war eine unglaubliche Frau. Die noch unvollendeten Züge Antonias fanden ihre klassische Vollendung in der Mutter. Sie empfing Irena herzlich: „Antonia hat mir viel von Ihnen erzählt", sagte sie. Sie stellte kleine Schälchen auf den Tisch und Antonias Augen fingen freudig an zu glänzen. „An manchen Tagen waren sie zart und grazil wie eine griechische Amphore und an anderen Tagen waren sie eine wilde Amazone, bereit zu jagen, was Ihnen vor den Pfeil kam", berichtete sie. „Die Fantasie Antonias kennt keine Grenzen. Sie erzählt Sachen über Dinge, die sie steif und fest behauptet erlebt zu haben. Jetzt neulich erzählte sie mir, eine Schlange hätte sich von ihr taufen lassen." „Oh Gott", sagte Irena, „es stimmt fast, ich war dabei. Mir ist das Herz in die Hose gerutscht, aber Antonia und die Schlange hatten scheinbar ihr Vergnügen." „Trotzdem wird es immer schwer sein, bei ihr die Realität von Fantasie zu unterscheiden", seufzte Signora Josefa, aber ihre schönen Augen lachten.

Sie saßen in der Wohnküche an einem großen Tisch. Ein offener Kamin beherrschte die hintere Wand des Raumes. Auf seinem Sims standen bemalte Keramikteller. Das dunkle Holz eines Gläserschrankes, der die ganze Querwand einnahm, schimmerte im Halbdunkel. Der Raum mit seinem schönen, dunklen Mobiliar hatte eine einladende Atmosphäre. Josefa Seravino erzählte, wie sie im Krieg zwei junge deutsche Soldaten beherbergt hatte. „Sie waren noch halbe Kinder, siebzehn und achtzehn. Sie tranken die Milch, die ich ihnen gab, wie Verdurstende. Sie schliefen auf dem Boden in ihren Uniformen, die Gewehre im Arm. Sie schrien im Traum, selbst im Schlaf waren sie noch auf der Flucht. Ihre blauen Augen waren weit vor Angst und Entsetzen, vor dem, was sie gesehen hatten und nicht begreifen konnten. Wären sie meine Söhne gewesen, ich wäre stolz auf diese jungen Männer gewesen. Was aus ihnen geworden ist, habe ich nie erfahren. Ich habe sie nie wieder gesehen."

,Es ist eigenartig , dachte Irena. ,Für sie bin ich eine Tedesca, eine Deutsche, und für die Deutschen bin ich ein Italienerin und ein unberechenbares, die Freiheit liebendes Geschöpf aus den Bergen. Gleichviel, ich bin für alle eine Ausländerin, eine Fremde. Die Dämmerung fiel wie ein nachtfarbenes Tuch aus dem Himmel und sank schnell herab. Die Veranda und der Garten draußen vor den Fenstern verloren im schwindenden Licht alle Farbe. Schritte kamen die Veranda herauf. Antonia wurde lebhaft: „Romano, das ist Romano!" Sie sprang auf. Dann stand er in der Tür, Romano Seravino, der Lombarde, der römische Gott aus München. Jetzt erinnerte sich Irena an seinen Namen und sie fühlte, wie ihr alles Blut aus dem Gesicht wich. Ein breites Grinsen erschien auf seinem männlichen Gesicht. „Contessa rosa", sagte er überrascht, „Sie hätte ich am wenigsten hinter der fantastischen Lady vermutet, von der Antonia so begeistert erzählt hat. Wie geht es Ihnen? Alles gut überstanden?" Sein Spott traf sie wie eine Herausforderung. Die Likörschale entglitt ihren Händen, rollte über den Tisch und zersplitterte auf dem Boden. Irena sprang auf: „Oh, das tut mir Leid, das schöne Glas." Sie bückte sich und sammelte hastig die Scherben auf. Josefa nahm ihr die Glassplitter aus den Händen. Sie spürte den Fluchtgedanken in Irena und kannte genau seine Ursache. Wehmut und Trauer stiegen in ihren Augen auf. „Ich muss gehen", sagte Irena hastig. „Danke für die Einladung." Sie wandte sich um und stand vor Romano. Grinsend gab er ihr die Tür frei. Als Irena entschwunden war, fixierte ihn Antonia mit einem finsteren Blick.

Irena rannte den Pfad hinunter. Ein vergessener Splitter bohrte sich in ihre Hand, sie achtete nicht darauf. Da war wieder das Klopfen im Nacken, ganz dicht unter der Haut. Dieses an Ohnmächtigkeit grenzende Gefühl der Umnachtung. Irena schloss die Tür ihres Zimmers hinter sich und presste ihren Körper dagegen. ‚Ich will einen Baum beschneiden, damit er wieder neu treibt. Aber die Kraft dieses Baumes liegt unterhalb des Erdreiches, sie ist gefangen in der Felsspalte des Frostes und nur das heiße Sehnen eines anderen Herzens kann sie erwärmen, sie aus diesem erstarrten Martyrium befreien. Sie warf sich auf das Bett und vergrub das Gesicht schluchzend in den Kissen.

René ... es gab keinen Weg mehr zu ihm, das Uhrwerk seines Lebens war abgelaufen, ohne dass sie es hatte verhindern können. Nicht einmal ein Abschied war ihr vergönnt gewesen, keine Mitteilung, keine letzte Umarmung, kein letzter Blick. Der schwarze Baldachin der Vergangenheit wölbte sich über ihr, wie ein nachtfarbenes Segel und bedeckte sie im Meer der Tränen.

Später fiel sie in einen unruhigen Schlaf. Im Traum sah sie Mike in einer blutroten Uniform auf einem Hügel stehen. Reihen blonder Soldaten marschierten an ihm vorbei. Soldaten ohne Gesichter. Der Donner schwerer Geschütze war zu hören und die Soldaten marschierten unaufhörlich weiter, mit diesem unbeschreiblichen ovalen Nichts unter den blonden Haaren. Das Donnern und der Druck wurde immer gewaltiger, bis Irena schweißgebadet erwachte. Die Katze Stelina lag auf ihrer Brust mit dem sanften Schnurrgesang ihrer Art. Als suche sie wie eine Parze in sie hineinzulauschen, um ihre Unruhe zu ergründen. Sie nahm Stelina in die Arme und tröstend fuhr die raue Katzenzunge über ihr

erhitztes Gesicht. Trauer war ein elementares Gefühl, welches auch die Tiere kannten, eigentlich alle Geschöpfe.

Der Morgen war klar und schön wie der erste Morgen in Rosetta Masonis Haus, in der Irena traumlos und tief geschlafen hatte. Es war ein makelloser junger Apriltag, an dem alles Gute und Schlechte wie der Atem eines großen Geschöpfes aus der Erde mit Macht zum Himmel stieg: die Feuchtigkeit, die die fruchtbare Erde verließ, die jubilierenden Lerchen, der Chor der Sehnsüchte aus vielen Herzen. Rosetta hatte das Fenster geöffnet. Sie saß dort still und sah in das tiefe Blau des Himmels, den der Regen reingewaschen hatte. Sie wandte den Kopf, als Irena sich bewegte. Ihre müden Augen sahen sie fragend an: „Was hast du mit deiner Hand gemacht, bambi? Du hast das ganze Kopfkissen mit Blut verschmiert." Irena betrachtete ihre Handinnenfläche, die übersät war mit kleinen blutverkrusteten Einkerbungen. Sie presste die Hände gegeneinander und starrte vor sich hin.

„Du machst mir Sorgen, Irena. Wenn ich nur wüsste, wie ich diesen rauchfarbenen Schimmer aus deinen Augen vertreiben könnte: Du hast die Augen deiner Mutter und der gleiche fliehende Ausdruck ist in ihnen. „Was weißt du von ihr?", fragte Irena leise. „Was weißt du von Elisabetha, meiner Mutter?" Die kleine Frau kam herüber und setzte sich zu Irena auf die Bettkante. Sie legte die Hände auf die Bettdecke und sah lange darauf, als suche sie in ihrem Innersten nach etwas Versunkenem, längst Vergessenem. „Deine Mutter war eine wundervolle, aber auch sehr herbe Frau. Obwohl ich mich zu ihr hingezogen fühlte, ist es mir nie gelungen in die Welt, in der sie lebte, in der sie existierte, einzudringen. Ich war ihr auf schmerzvolle Weise so fern, wie unbewusst ausgeschlossen. Du wurdest das Bindeglied zwischen mir und ihr. Sie hatte eine Art, über Menschen hinwegzusehen, von einer ganz anderen Ebene aus. Als sehe sie auf ein weit entferntes Meer hinaus. Eigenartigerweise nahm ihr das niemand übel. Es war wie eine schwebende Abwesenheit, die nicht unfreundlich wirkte und die Sehnsucht erweckte. Die Sehnsucht, von ihr bemerkt zu werden, Von ihr erreicht zu werden."

„Wo, warum und wie starb sie, Rosetta?" Irenas grüne Augen wurden hart. Die Fragen standen im Raum und es dauerte eine Ewigkeit, ehe Rosetta Masoni mit gesenktem Kopf antwortete: „Nein, Irena, das ist etwas, das ich vergessen habe, das ich vergessen wollte, obwohl gerade du ein Recht darauf hast, es zu erfahren. Ich habe es aus meinem Bewusstsein gelöscht und werde niemandem erlauben daran zu rühren." Irena umfasste hart die schmalen Handgelenke Rosettas: „Sie war meine Mutter, Rosetta, und ich war so klein, ich habe keine Erinnerung an sie!" Rosetta bog sich unter dem harten Griff. Schmerz stieg in ihren müden Augen auf, der Schmerz der Wissenden. „Lass mich, Contessa, lass mich und frag nicht. Niemand kann das von mir verlangen", sagte sie unter Tränen. „Rosetta mia, sie war meine Mutter, sie ist der Ursprung meiner Person, der Grund, weshalb es mich gibt. So viele Dinge in mir selbst verstehe ich nicht, weil ich sie nicht gekannt habe. Wie starb sie, Rosetta? Ihr Tod war nicht natürlich, er war willkürlich! Wer hat ihr und mir das angetan?" Rosetta Masoni sah fassungslos in das von Gefühlen aufgelöste Gesicht Irenas. Wie war das möglich? Sie hatte immer nur an ihren eigenen, empfindsamen Schmerz gedacht. Dass Irena eines Tages Rechenschaft von ihr fordern würde, war ihr bis heute nicht in den Sinn gekommen. Es traf sie unvorbereitet wie der tödliche Stich eines Stiletts. Sie hatte ein Kind in ihr Herz geschlossen und als ihr eigenes angesehen im Glauben, ihre Zuneigung, Fürsorge und Verantwortlichkeit würden ausreichen, die Vergangenheit zum Schweigen zu bringen. All das hatte sie dann in Salvatores Hände gelegt, als er Irena mitnahm. Sie hatte das für endgültig und für gut angesehen.

Sie umschloss Irena mit ihren Armen und wiegte sie wie ein Kind. Der Gedanke, Irena könnte die Antwort auf die Frage nach ihrer Herkunft und nach dem Tod ihrer Mutter bei ihr einfordern, stürzte sie in einen Bereich des Schweigens, aus dem sie schon damals geflohen war. ‚Bambina mia‘, dachte sie, ‚was für ein Schicksal. Wie findet man Worte für so ein Geschehen, das nur Fassungslosigkeit hinterließ. In einer Zeit, in der man ein Leben nur in Stunden leben konnte. Für eine Vergangenheit, die im totalen Ausstand war? Zärtlich strich sie Irena übers Haar: „O bambina mia, mir blutet immer wieder das Herz für dich und für sie. Für Elisabetha, die Schöne, die Nomadin, der die Männer nachzogen wie Insekten einer Duftspur.“

Während sie Irena in ihren Armen hielt, fand sie leise die Worte für den Anfang ihrer Geschichte. „Es war die Nacht der Befreiung, Contessa mia. Die Menschen lachten, tanzten, tranken. Tranken den scharfen, ungewohnten Whiskey der amerikanischen Befreier. Sie feierten in einer hektischen Freude, obwohl sie nicht wussten, was ihnen die Befreiung bringen würde und was danach kam. Sie feierten einfach in Hoffnung. Deine Mutter tanzte in einer ihr eigenen spröden Wildheit auf dem Ponte Tirolese nach den plärrenden Klängen eines Soldatensenders. Sie war umlagert von einer Meute Soldaten, die sie grölend und klatschend anfeuerten. Es war eine seltsame Nacht. Alle Dinge waren aus dem Rahmen, aus den Fugen geraten. Nichts hatte Gültigkeit oder noch keine Gültigkeit. Es war die Nacht eines Ausstandes, des Auseinanderstrebens aus der vergangenen, politischen Gefangenschaft, des Nichtgebundenseins an irgendwelche Werte.

Es war die Nacht der Tollheit, des diavolo in fuoco, des Teufels im Feuer. Die Hände der Soldaten griffen nach Elisabetha, sie aber raffte ihre Röcke zusammen und lief die Straße hinauf in die Berge. Es sah aus wie ein großes Spiel, als die Soldaten ihr johlend nachsprangen. Niemand dachte daran, dass die Nacht der Befreiung, die Nacht der Entfesselung, der Sinnesberauschung auch eine Nacht sein könnte, an deren Ende der Tod stand. Gerade war man ihm aus einem Meer von Ängsten entronnen. Die Soldaten liefen ihr nach wie eine Herde williger, betörter

Tiere. In der Dunkelheit der Nacht aber rotteten sie sich plötzlich zusammen. Der Instinkt des Jägers drang aus der nächtlichen Natur in sie ein wie glitzerndes Eis, stählte ihre Muskeln und raubte ihnen den Verstand. Aus der Krume der Erde stieg der Blutgeruch der Beute, erfasste sie und sie hetzten weiter. Nichts konnte mehr ihren Weg kreuzen, was sie aufgehalten hätte. So begann die Hatz. Die Meute verfolgte ihr Ziel in diesem die Sinne berauschenden Vorwärtssturm des Siegers, mit dem Gefühl göttlicher Macht, dem Fluge gleich.

In der Enge eines Berghofes, eines cortile, endete die Jagd. Für einen Moment entstand eine atemlosen Stille. Elisabetha erkannte, dass sie nicht weiter fliehen konnte. So stand sie aufrecht, mit dem Rücken zur Wand eines Gebäudes, mit ausgebreiteten Armen, als hätte man sie gekreuzigt.

Über ihr im Haus schrie eine alte Frau, doch Elisabetha blieb stumm, als die Soldaten im Siegesrausch über sie herfielen. Sie ließen erst ab von ihr, als jedes Verlangen gestillt war. Elisabetha lag am Boden, eine zerbrochene Puppe, das Ende des Spiels, da kam die Ernüchterung. So flohen die Soldaten mit Entsetzen über ihre Tat, über das Geschehen in die Nacht hinaus.

Zurück blieb eine alte Frau, die Elisabetha wie ein verlorenes Kind in den Armen wiegte und ihr die Totenwache hielt."

Rosetta Masoni schwieg, ihr schmaler Körper bebte, sie weinte lautlos in sich hinein. Stille lastete über den beiden Frauen.

Irena starrte mit weiten Augen hinaus in den strahlenden Tag, als wäre alles, was sie gerade erfahren hatte, ein nächtlicher Spuk, eine Halluzination, ein Wechselbad der Sinne.

„Stunden später fand man sie", berichtete Rosetta weiter. „Die alte Frau hatte sie noch immer im Schoß und wollte sie nicht freigeben. Die Frauen aus dem Dorf trugen Elisabetha zu Tale wie eine Märtyrerin. Jede Einzelne von ihnen hätte in dieser Nacht das gleiche Schicksal erleiden können. Die Soldaten kamen vor ein Militärgericht, aber die Bevölkerung des Dorfes, die die tote Elisabetha gefunden hatten, waren keine Augenzeugen. Nur die alte, verwirrte Frau, die auf einem Holzstuhl saß mit leeren Augen und zitternden Lippen und tonlos den Rosenkranz betete." Rosetta Masoni nahm Irenas Gesicht in beide Hände. Die schönen Mondaugen Irenas waren blind vor Trauer. Die Zeit war vergangen und hatte die Erinnerung zurückgelassen, wie Staub auf einem Dachboden. Es wurde Zeit, dass Zärtlichkeit und Zuwendung jetzt die Wunden heilte. „Das war der Schmerz, der mein Herz verbrannte", sagte Rosetta. „Ich wollte ihn für immer verbannen und schweigen, die Asche in alle Winde verstreuen. Aber vor dir, das musste ich heute erkennen, war das nicht möglich. Du hast ein Recht darauf zu wissen, wer Elisabetha war und was ihr geschehen ist. Doch was du heute erfahren hast, hat dir und mir nochmals das Herz schwer gemacht. Damals warst du mein einziger Trost und heute will ich der deinige sein. Das Leben hat dich trotzdem nicht vergessen, bimba. Es nahm dir deine Eltern, deinen Vater habe ich nicht gekannt, aber ich weiß, dass er in den Kriegswirren nach Algier verschlagen wurde und in den Kämpfen dort umkam. Es gibt Briefe von ihm an deine Mutter – ich hoffe, ich finde sie. Du aber bekamst zwei Menschen geschenkt, die dich innig lieben, Salvatore Bonazzi und mich. Niemand kann dir das streitig machen. Ich will dir helfen, die Vergangenheit zu verkraften und zu verstehen, und dich trösten, wenn du Trost brauchst." Irenas Augen füllten sich mit Tränen und das Schweigen zwischen ihnen war eine stärkere Verbindung als Worte.

Am Nachmittag kam ein Brief von Salvatore. „Es ist Frühling in München", schrieb er, „mein altes Herz und Signore Poco haben

Sehnsucht nach dir." Am Ende des Briefes stand der Vermerk: „Anbei
ein Telegramm deiner Schwiegermutter." Irena fischte ein klein gefalte-
tes Papier aus dem Briefumschlag. Sie fühlte ein Unbehagen und eine
starke Abneigung gegen dieses Schriftstück in sich aufsteigen. Wie zu
erwarten war, war der Text nicht angenehm. Wie hatte eine Frau wie sie
einen Sohn wie René zur Welt bringen können? Die Fügungen des
Lebens waren oft eigenartig. Der Hintergrund des Telegrammtextes war
natürlich Geld und Gesellschaftsmoral mit der Aufforderung sich zur
Nachlassregelung einzufinden. Natürlich, Irena hatte bei Nacht und
Nebel das Haus verlassen und außer ihrer Garderobe und den Unterlagen
des Peruaners nichts mitgenommen. Das war eine Demütigung für eine
begüterte Frau wie ihre Schwiegermutter. Diese Nachlassregelung bedeutete für Irena, den Tod Renés endgültig anzuerkennen. Dass Irena
noch gar keine Kraft hatte, mit der Endgültigkeit seines Todes zu leben,
war für diese Frau sicher unvorstellbar. Hier ging es außerdem darum,
der Öffentlichkeit zu zeigen, wie schnell und großzügig man eine an-
geheiratete Ausländerin mit einem gnädigen Pflichtanteil wieder dorthin
zurückschickte, wo sie hergekommen war.

,Was willst du von mir, Daniela Martens? , dachte Irena zornig.
,Dass ich eine kurze Zeit meines Lebens deinem Sohn angehört habe
und er mir, gibt dir noch lange kein Recht, Macht über mich auszuüben.
Wärst du warmherziger und nicht so engstirnig und egoistisch gewesen,
wären dir die Belange deines Sohnes wichtiger gewesen als der Klatsch
der Leute, hätte dir sicher auch mein Herz gehört. So aber musst du mit
allem allein fertig werden. Ich habe alles zurückgelassen, selbst René
habe ich nur begleitet, bis die Erde ihn bedeckte. Zurück blieb Leere und
Egoismus, Kälte und aufkeimender Hass. Dem will ich nicht ausgeliefert
sein, noch nicht einmal begegnen.

Deine Einsamkeit, Daniela Martens, hat begonnen, als du dich für
das Geld entschieden hast, statt für die Liebe und nicht erst mit dem

Tode deines Sohnes. Du musst lernen, in dieser Kälte zu leben, da die Wärme für immer von dir gegangen ist. So wie ich lernen muss, ohne René zu leben, so schwer es auch für mich ist.

Sie beugte sich hinab, hob die Katze Stelina auf und ging mit dem Tier auf dem Arm hinaus in die sonnenbeschienenen Gärten. Wie aufsteigende, prickelnde Kohlensäure drang die Wärme der Sonne durch die Haut. Irena lag im Gras und neigte den Kopf und die Arme in wiegenden Bewegungen gegen den blauen Aprilhimmel wie die Tulpen unten auf der Piazza Victoria. Ein sanfter Wind bog die jungen Blätter der Brombeerhecken um, dass ihre pelzigen Unterseiten wie kleine, weiße Bärenfelle gesträubt aufrecht standen. ‚Wenn mich jemand fragen würde‘, sann Irena, ‚ich würde ihm dieses Stück Erde jedes Mal neu beschreiben, jedes Mal anders und doch jedes Mal wunderbar.‘

Sie folgte der Katze Stelina, die auf lautlosen Pfoten im sandigen Erdreich jagte. Der fächelnde Wind entriss Irena die finsteren Gedanken, die sich aufgrund des Telegramms ihrer Schwiegermutter wie ein Wolke auf ihre Stirn gelegt hatten. Sie nahm die Katze Stelina auf und steig den Berg hinauf zu einem Zypressenhain. Die zylindrischen Bäume standen schwarzgrün und still unter der Sonne. Wie die ewigen hohen Wächter eines Langobardenfürsten über seinem längst vergangenen Grab. Der Boden unter den Zypressen war trocken und sandig. Es schien Irena, als ob jedes Sandkorn, jede herabfallende Nadel der Bäume die Anwesenheit dieses imaginären Grabes ausatmete. Aufsteigend aus sandig heißem Boden, mit dem faden Geruch des Harzes, dem Weihrauch dieser Erde, auf der sie ermattet lag. Während die Katze Stelina vor ihr saß und mit flirrendem Katzenblick eine Libelle fixierte, sah aus der Höhe der Zypressenkuppel, wie der Flügelschlag einer Fledermaus, wie der dunkle Blick eines Nachtalb, das Werdende auf sie herab. Irena fühlte diesen bodenlosen Blick auf sich niedersinken, in sie eindringen, als wäre die Vergangenheit, die Gegenwart und die Zukunft wie die Grotte eines

Orakels unter ihr. Sie drehte sich erschrocken um. Die Sonne lag in zitternden Flecken auf dem sandigen Nadelboden zwischen den graubraunen Stämmen der Zypressen. Dahinter loderte sie in der Weite der Landschaft in einem rauchigen Blaugrün. Das klamme Gefühl verließ Irena, es umgab sie nur noch die stehende Hitze des Tages. Sie griff in das warme Fell der Katze und sah das Hügelland hinab bis auf die Fläche des Sees. Ihr Blick glitt hinüber über die Bucht bis zu den Ufermauern Gardone Rivieras, dem Kurort mit seinen eleganten Hotels, der in schwimmenden, ineinander laufenden Farben herüberschimmerte. Von der gegenüberliegenden Seite des Sees ragte das Bergmassiv des Monte Baldo in die klare, heiße Luft.

Auf dem Pfad unter ihr stiegen zwei Menschen die Anhöhe hinauf, eine Frau und ein Mann. Sie stiegen wie zwei Käfer im Blattwerk gegen den Berg an. Das rote Kleid der Frau leuchtete herauf. Irena strich der Katze über den Nacken. Stelina erhob sich von dem sandigen Boden und stand steifbeinig gegen Irenas Knie gelehnt. Der Katzenkopf sank zwischen die Schultern herab, gegen die Menschen geneigt, die dort die Anhöhe heraufkamen. Irena erkannte zwischen den steil aufgerichteten Ohren der Katze hindurch Romanos Gesicht. Sie griff Stelina ins Fell und riss sie hoch, presste sie an ihre Brust, als könne sie sich an ihr festhalten. Romano blieb stehen, er war nicht mehr weit. Irena hörte vom Winde verwehte Worte. Die Frau drehte sich lachend zu ihm um und gab ihm den Blick frei. Da sah er im Schatten der Zypressen Irena mit der Katze stehen. Mit schnellen Schritten kam er herüber und hielt vor Irena an: „Da steckt also die unfruchtbare Katzendame. Antonia ist ein kleiner Teufel, ich sollte sie strafen und mein Versprechen wahr machen. Der See ist ja ganz in der Nähe." Er war gewohnt, dass sein Spott immer traf, und so zogen sich seine Augen genussvoll zusammen. Hinter Romano tauchte die Frau auf. Ihre gletscherfarbenen Augen starrten Irena an. Ihr stark geschminktes Gesicht verzerrte sich, als hätte sie auf eine Spinne gebissen.

Irena wich zurück, sie presste Stelina so fest an sich, dass die Katze sie am Hals kratzte. Die Frau lachte auf und Romano stimmte mit ein. Irena floh den Berg hinunter und an einem Abhang setzte sie die Katze atemlos ins Gras. Stelina lief durch das wogende Grün und nur die schwankenden Halme verrieten die Richtung, in die sie verschwand Irena ließ sich aufatmend zu Boden gleiten. Das Gras war vom Regen hoch aufgeschossen und schloss sie in seine grüne wogende Fläche ein.

‚Dieser Romano ist gekonnt bösartig , dachte sie. Nur im ersten Moment war sie erregt gewesen, nun lag sie still und dachte nach. ‚Er will mich verletzen. Wenn er mich sieht, reizt es ihn, mich zutreffen. Warum? Weil er an dem Abend in München Gefühle gezeigt hatte? Weil ich ihn gerade in diesem Moment stehen gelassen habe? Weil ich geflüchtet vor ihm bin? Denn eine Flucht war es gewesen. Was wusste er schon von ihr? Genügte ihm diese schillernde Sirene nicht, die er bei sich hatte, oder gerade weil sie bei ihm war? Oh nein, das glaube ich nicht, er spielt ein altes Spiel mit mir. Das Spiel zwischen Frau und Mann. Das Spiel der Herausforderung, das Spiel um den Apfel. Weiß er nicht, dass Eva das Spiel mit verheerenden Folgen gewonnen hat und dass sie bis heute die Beladene ist? Sie trägt das Gewicht der Tränen, der lacrima romana. Das war es, er spielte dieses Spiel der Gefühle mit seinem eigenem Klang, mit seiner romanischen Mentalität, die Melodie der Sehnsucht und des Begehrens. Irena erlebte dies zum ersten Mal in so einem weit reichenden Sinne. Eine unglaubliche Kraft lag in jedem Mann, die sich durch Jahrtausende zog. Eine Kraft der Gefühle, die Männer zu Helden werden ließ. Eingebunden in die Melodie eines Volkes, welches ihr Volk war, dessen Wesenszüge und Merkmale auch sie trug. Ganz sachte stieg Stolz in ihr auf. Sangue della nostra terra! Das Blut unserer Erde war nicht nur im Wein. Der alte Mechanismus schloss die weit auseinander klaffenden Fugen, die die Zeit auseinander getrieben hatte. Und unter diesem Verschluss richtete sich eine junge Frau auf, blühte aus den geschlossenen Fugen hervor, die jetzt ihre

Bestimmung gefunden hatte. Irena rüstete sich für das Leben, da sie auf dem Boden ihrer Väter stand.

Ein rauchiger kurzer Kehllaut drang aus dem grünen Grasmeer neben ihr. Der Katzenkopf Stelinas tauchte auf, sie war von ihrer Jagd zurückgekehrt.

Die Winden an Rosetta Masonis Haus standen in voller Blüte. Die trichterförmigen Blüten schimmerten durch das dunkelgrüne Blattwerk wie himmelfarbene Chiffontücher. Irena hatte das Fenster geöffnet und der Tag flutete in das Zimmer wie eine rollende, schäumende, lichterfüllte Woge.

Irena schrieb an Salvatore Bonazzi: „Ich habe entdeckt, dass dieses Land, in dem ich jetzt lebe, mein Land ist. Nichts in meinem bisherigen Leben ist mir so unter die Haut gegangen wie diese Erkenntnis. Ich weiß jetzt, warum nur dein Bereich in München mein Zuhause war, weniger die Stadt München selbst. Dass nur Renés Person es mir möglich machte, in seinem Haus zu leben, aber sonst mich nichts damit verband. Ich habe darauf bestanden, dass Rosetta mir von Elisabetha erzählt und wie meine Mutter ums Leben kam. Nach so langer Zeit war Elisabetha mir durch Rosetta nahe. Als Mutter, deren Kind ohne sie in die Zukunft gehen musste, war sicher ihr letzter Gedanke, mir nahe zu sein. Rosetta hat diese Last des Schweigens lange schwer getragen. Nach diesem Gespräch fand sie endlich zur Heiterkeit zurück und die Trauer verließ ihre Augen. Ich kann dir sagen, padre mio, dieses Land hat Dinge in mir erweckt, die wie das schlummernde Einhorn im duftenden Waldboden lagen. Erst als mein Fuß ihn betrat, erhob es sich und wurde sehnsuchtsvoller, lebendiger Bestandteil meines Ichs. Berichten kann ich dir, dass ich angefangen habe zu schreiben. Einfach über dieses Land und seine Menschen. Es wird dir gefallen, gerade dir, der du schon so lange ohne sie lebst." Sie verschloss den Brief und ging hinunter in die Trattoria. Rosetta stand hinter der Theke und lächelte ihr zu. „Hast du an Salvatore geschrieben?" Irena nicktc und Rosetta sah still vor sich hin. „Er wartet auf deine Briefe, er braucht sie, so wie ich dich damals gebraucht habe, als du noch ein halbcs Baby warst. Magst du einen Espresso?" Irena lächelte. Sie nahm den Espresso mit hinaus an einen Tisch auf der buckligen Straße. Sie war sofort umringt von Nachbarskindern. Rosetta brachte lachend eine Hand voll Karamellen hinaus und die kleine Meute machte sich jubelnd darüber her. Auf der Höhe der ansteigenden Gasse erschien die aufgeschossenen Person Antonias. Sie trug einen Einkaufskorb und war in Begleitung dieser sirenenhaften Frau, die Romano mitgebracht hatte. Tadellos war diese Frau in ein hummerfarbenes Kostüm gekleidet und das schwarze Haar über den Gletscheraugen wehte im Wind.

Sie war eine bemerkenswerte Erscheinung. Auf eigentümliche Weise ging trotzdem eine laszive Antipathie von ihr aus, deren Ursache nicht so schnell zu erklären war. Antonia ging neben ihr her, steifbeinig wie ein trojanisches Pferd. Ihr finsterer Blick hellte sich kaum auf, als sie Irena sah. Unschlüssig blieb sie vor ihrem Tisch stehen. „Ciao, bambi", sagte Irena liebenswürdig. „Buon giorno, Signora." Sie machte eine einladende Geste an ihren Tisch. Für einen Moment verschwand die steile Falte zwischen Antonias schönen Augen, dann schüttelte sie den Kopf. „Romano ist wütend, weil ich Stelina zu dir gebracht habe. Du verdirbst mir die Frau ganz, hat er gesagt, sie ist schon steril genug und verpackt bis an die Zähne und jetzt bringst du noch die alte Katze zu ihr. O dio buono, es ist nicht auszuhalten mit ihm." Mit einer heftigen Bewegung warf sie ihr Haar zurück und ging schnell und grußlos davon. Die hummerfarbene Sirene stöckelte ihr lachend nach.

Irenas Augen folgten der aufgebrachten Antonia. Grimmig dachte sie: ‚Es ist keine Kunst, herzlos zu sein und andere auszulachen. Aber dieser vom Leben boshaft geküsste Romano macht mir Spaß. Steril und abgepackt! Als wenn ich ein Stück Fleisch für einen Bluthund wäre, in Plastik verpackt, welches er nur mit gierigen Augen von außen anschauen könnte, ohne seinen Geruch wahrzunehmen.

Die Tage vergingen und der junge Sommer stieg am Horizont hinauf. Er sah wie der Sonnengott Helios mit strahlend blauen Augen auf die Menschen, die Berge und den See herab. Irena sah Antonia manchmal von weitem, doch sie verwehte wie ein Blatt im Wind, wenn Irena ihre Nähe suchte. So zog sie sich ganz zurück in das Zimmer unter dem Dach und schrieb. Die Reiseschreibmaschine umgab sie mit ihrem Stakkato wie eine Dornröschenhecke, wie ein zitternder, vibrierender Wall mit Fühlern und Tasten. Die Katze Stelina lag still in der Sonne auf der Fensterbank, zusammengeschmolzen zu einem großen, grünen, wachen Katzenauge. Die Mittage wurden heiß und manchmal lag Irena erschöpft auf dem Bett in einem von der Hitze bedeckten Halbschlaf. Dann schlüpfte durch ihre dämmernde Fantasie, rastlos und beweglich, das Gesicht Romanos. Wie der betörende Pan stand er in dem vor Hitze flirrenden Schilf. Das Lied seiner Flöte stieg und fiel in der heißen Luft, lockte und lachte in hüpfenden Sprüngen. Sinnlich und verführerisch, wie Pan es nur konnte – Pan, der Hirtengott. Oft sann Irena darüber nach, ob Romano ihr als Person und Mann etwas bedeutete, doch sie fand keine Antwort darauf. Sein Zynismus verjagte sie. Was blieb, war die Sehnsucht nach Antonia und der Wunsch nach ihrer Gesellschaft.

Irena schrieb bis tief in die Nächte hinein, um mit dem ersten kühlen Windhauch ins Bett zu gehen. Die Katze Stelina stieg auf weichen, liebkosenden Pfoten über ihren Körper, wie eine leichte, kaum atmende Feder, um den Schlaf mit ihr zu teilen.

„Irena", rief Rosetta Masoni, „Irena, vieni qua, komm runter." Es war ein klarer, heißer Nachmittag. In der Trattoria saßen ein paar junge

Holländer und tranken Wein. Es waren die ersten ausländischen Touristen und die fremde Sprache verwirrte Rosetta jedes Mal von neuem. Die Holländer saßen in Shorts und offenen Hemden schwitzend da. Ihre Gesichter waren von der Sonne und dem Wein gerötet und ihre blonden Haare leuchteten.

Irena verstand kaum Holländisch, aber es lag so viel Sympathie in der Luft, dass sie an die Worte Josefa Seravinos denken musste: ‚Wären sie meine Söhne, ich wäre stolz auf sie gewesen. Irena stellte eine Flasche Marsala auf den Tisch, eine Art Weineierlikör, eine Spezialität aus San Felice. Als sie wieder gehen wollte, umfasste einer der Holländer ihre Taille und zog sie zum Tisch zurück. Es geschah so natürlich und liebenswürdig, dass sie dem Druck seiner Hand nachgab und sich zu ihnen an den Tisch setzte. Seine blauen Augen sagten nichts aus, worüber sich eine junge Frau nicht freuen konnte. Irena fühlte sich wohl im Kreis der jungen Männer. Sie genoss die begehrenden Blicke, die in so einer Gesellschaft so unverfänglich waren, und der Marsala machte die Runde.

Der Himmel färbte sich violett. Die Hitze des Tages nahm ihr schweres, brütendes Fallbeil mit hinüber in die Dämmerung. In der Trattoria saßen die Holländer, laut und fröhlich lärmend. Irena stand an die Theke gelehnt. Der Marsala stieg ihr gewaltig im Kopf herum wie ein sich scheuernder Kater. Sie hatte einen Schwips.

Der Holländer mit den lachenden Augen holte sie an den Tisch zurück. Mit schnellen unverständlichen Worten küsste er ihren Arm. Irena setzte sich mit weichen Knien. Er roch wie ein junges Pferd nach schnellem Lauf, das erregte Irena auf seltsame Weise. Sie musste sich eingestehen, dass diese freundliche Männergesellschaft etwas war, was ihr seit langem fehlte. Später stand sie plötzlich im Schatten des Hauses, in das Blattwerk der blauen Winden gelehnt. Sie atmete tief die warme

Nachtluft mit dem Fächeln des Windes und dem schweren Duft dieses Landes ein. Eine Zikade rumorte unter dem Blattwerk und sang ihr Liebeslied in klagenden, heiseren Tönen. Eine andere antwortete ihr von der Häuserfront gegenüber. Im Gesang der Zikaden, dem Nachtwind in der Höhe, der beladen mit Sehnsüchten war, und dem flüsternden Blattwerk, in dem sie stand, wurde Irena bewusst, was für eine Macht der Gefühle ihr Elisabetha hinterlassen hatte.

Plötzlich stand ein Schatten vor ihr. „Schmeckt die Nachtluft, Contessa rosa?" Es war Romano. In kurzer Entfernung trat er unter eine Laterne, in Schatten und Licht wie damals in München. Seine Zähne hielten den Stiel einer Rose und Irena hatte das Gefühl, dass er schon länger hier gewartet und sie beobachtete hatte. „Sie schmeckt", sagte Irena leise aus dem Blattwerk heraus, „sie hat den köstlichen Duft dieser Erde, des Weines, des Oleanders, von Salbei und Rosmarin, des Sees, der Berge und der Menschen, die hier leben. Es gibt noch sehr viele andere Dingen hier, welche liebens- und lebenswert sind."

„Ich habe gewusst, dass es nur eine Frage der Zeit ist." Seine Stimme wurde ganz dunkel. „Es ist mein und dein Land. Hier wird deine Blütezeit sein, Contessa rosa." Irena löste sich brüsk aus dem Blattwerk: „Sie finden sich wohl unwiderstehlich. Jetzt kann ich verstehen, dass Antonia immer so aufgebracht über Sie ist. Was haben Sie denn mit ihr gemacht? Sie weicht mir in letzter Zeit aus. Sie biegt ab wie ein Komet, wenn sie mich sieht." „Ich habe ihr verboten, zu dir zu gehen." Jetzt stand er dicht vor ihr. Er spürte, dass sie ihm wieder entglitt, sich meilenweit von ihm entfernte. Die Verzweiflung darüber machte ihn noch zynischer: „Einsam und voll Sehnsucht sollst du werden. Du sollst begreifen lernen und bereit sein. Oder meinst du, ich sehe nicht, wie du in Gesellschaft einer alten Katze deine Nächte verbringst?"

Der Grund zu solchen harten Ausbrüchen war immer sein Stolz. Irena verschlug es den Atem: „Ihre Arroganz ist unglaublich! Was wissen Sie über mich und meine Lebensideale?", stieß Irena aufgebracht hervor. „Was haben Sie sich überhaupt in mein Leben einzumischen? Genügt Ihnen ihre bunt geschminkte Mailänderin nicht? Macht Sie ihnen nicht genug Freude?" „Oh ja, Freude macht sie", er umfasste ihr Gesicht und hielt sie fest, „aber das sind Alltagsfreuden, Contessa rosa, ich bin mehr für das Besondere." Romano wusste sofort, dass seine scharfen Worte sie wieder verschließen würde gegen all das, was er sich in Wirklichkeit wünschte. Aus der Tiefe seiner Seele stieg Trauer und Zorn darüber auf. Er ließ sie mit einer Plötzlichkeit los, dass sie taumelte. Sie tauchte unter seinem Arm hinweg und floh in das Haus hinauf. Die Türe klappte zu und sie stand in dem kleinen Zimmer in der Dunkelheit. Das Fenster stand weit geöffnet und sie wagte nicht es zu schließen. Sicher stand er noch unten und sie gönnte ihm nicht den Triumph, sie im Fenster zu sehen, egal wie er es auslegen würde. Nach einer Weile machte sie Licht. Unter dem offenen Fenster auf dem Boden lag die Rose, die er so siegessicher zwischen seinen blitzenden Zähnen getragen hatte. Sie lag wie ein stiller Wunsch dort, wie der Widerspruch zu all seinen verletzenden Worten. Sie wusste plötzlich, wenn sie ihm nahe kommen wollte, musste sie seinen Zynismus ertragen können. So lange, bis die Hitze seines eigenen Herzens ihn zu Asche werden ließ. Die Frage, ob sie ihm nahe kommen wollte, war wie ein fades, nichts sagendes Essen für sie. Es war noch nicht mal eine richtige Frage, höchstens ein allein stehendes Fragezeichen. Hatte sie in den letzten Monaten nicht genug durchgestanden und noch gar nicht verarbeitet? Es fehlte ihr jegliche Kraft für ein tiefgründiges Gefühl und das in Konfrontation mit einem Zyniker, einfach tödlich!

Sie warf sich auf das Bett und dachte unter zornigen Tränen: ‚Ich will allein sein, ich will niemandes Zynismus ertragen müssen. Ich bin beladen und zerschunden genug. In mir gibt es keinen Platz für

Forderungen und Auseinandersetzungen. Sein Gift kann er an die Mailänderin verspritzen. Sie ist eine harte Frau und weiß sich zu wehren. Irena weinte sich in den Schlaf und verbrachte eine unruhige Nacht.

Der Morgen sah strahlend wie immer in das Zimmer. Nach der schlecht verbrachten Nacht lehnte Irena benommen am Fenster. Der See lag wie ein schillernd grünes Drachenauge unter ihr. Sein Saum war sicher belagert von Touristen. Sie raffte sich auf und ging hinunter in die Trattoria. Rosetta brachte ihr mit ihrem sanften Lächeln Hörnchen und einen Café latte. Die liebenswürdige Art dieser Frau, das Frühstück, die Sonne, die da draußen im gleißenden Licht auf der buckligen Straße lag, all das wischte die vergangene Nacht hinweg. Sie sprang hinauf und holte ihre Badesachen. Als sie den Wagen auf die holprige Straße rollen ließ, stand Rosetta unter der Tür und winkte ihr nach.

Irena fuhr nach Portese hinunter. Der Strand war zu dieser Morgenstunde noch nicht so überfüllt. Sie lief mit nackten Füßen durch das seichte Wasser. Die flachen Wellen schlugen gegen ihre Knöchel. Die bunten, rund gewaschenen Kieselsteine lagen schillernd unter dem klaren Wasserspiegel.

Ein knochiger Feigenbaum neigte sich von der Böschung herunter. Mit seinen großen Blätterhänden bedeckte er eine ausgewaschene Grotte unter dem Geflecht seiner Wurzeln. Das Wasser klopfte mit hellen, glucksenden Wellen gegen das Erdreich. Es war wie ein drängender, beständiger Ton, der stete Ablauf eines Uhrwerks, der ständige Tropfen der Zeit. Irena beugte sich hinab und im matten Dämmerlicht der Öffnung erhob sich der glatte Körper einer Schlange. ‚Antonia‘, dachte Irena und neigte den Kopf. Ihre grünen Mondaugen wurden weit und klar wie die Fläche des Sees. ‚Antonia‘, flüsterten ihre Augen. Der makellose Leib der Schlange fiel klatschend auf das Wasser, um wie ein greller Blitz das nasse Element zu teilen. Schillernd wie ein Regenbogen

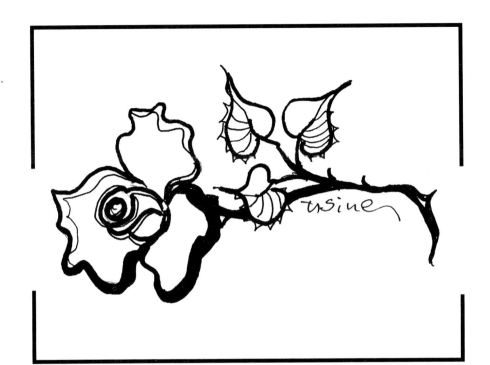

entschwand sie am Saum des Sees entlang. Irena schloss die Augen und empfand den Schmerz körperlich. Das dunkeläugige Mädchen Antonia fehlte ihr wie ein Bindeglied zum Leben. In ihrer Klarheit, in ihrer Kindlichkeit hatte sich Antonia Irena vom ersten Moment zugetan gefühlt. Sie hatte keine Forderungen gestellt, sondern nur ihr Herz geöffnet. So hatte sie Irena zurück ins Leben gezogen, das wurde ihr jetzt klar. Nun war sie so weit von ihr entfernt und zwischen ihnen stand Romano. Irena ließ sich ins Wasser gleiten und schwamm auf den See hinaus. Später glitt sie an den Strand zurück und legte sich auf den Kies, um sich von der Sonne trocknen zu lassen.

Die Sonne stieg höher und lockte die Badelustigen. Kinder liefen spritzend durch das Wasser und Boote zogen herüber und hinüber zum lungo lago von Salò. Die Sonne schien heiß und Irena drehte sich schläfrig auf den Bauch, als ein Schatten über sie fiel. „Ciao, Bella", sagte der Schatten. Sie sah auf und sah in das Gesicht eines jungen Italieners. Er hatte ein eigenwilliges Gesicht, die Augen lagen tief eingebettet, die schweren Augenbrauen darüber waren stark verzeichnet, die Nase darunter hübsch, aber zu kurz geraten. Seine herzliche Art zu lachen aber gefiel Irena.

Da sie schwieg, ließ er sich wortlos auf dem Kies neben ihr nieder und sah verlegen auf den See hinaus. Er beobachtete Irena aus den Augenwinkeln und nach einer Weile fragte er: „Deutsch?" Irena nickte und als er weiter schwieg, schloss sie daraus, dass er Sprachschwierigkeiten hatte. Sie lachte leise und sagte: „Ich spreche aber auch ein einwandfreies Italienisch." Wieder lachte sie und er stimmte fröhlich mit ein. Er ergriff ihre Hand: „Mein Name ist Tiziano", und er zog sie mit ins Wasser. Prustend und vergnügt schwammen sie drauf los.

In einiger Entfernung lag ein Boot auf dem Wasser, zwei junge Männer sahen ihnen entgegen. „Daniele", rief Tiziano, „Angelo, hier bringe ich euch die Prinzessin mit." Heiter und wassertriefend stiegen sie an Bord.

Es wurde ein wunderschöner Tag für Irena, ein Tag der zu ihren 21 Jahren passte. Das Wasser des Sees war klar wie ein Spiegel. Die Sonne schien vom wolkenlosen Himmel und der Strand zog sich an beiden Seiten der Bucht von Salò entlang wie der Inhalt einer bunten Spielzeugschachtel. Daniele, Angelo und Tiziano waren drei junge Männer, die mit Entzücken ein weibliches Wesen entdeckt hatten, eine Nymphe, all das, was ein männliches Herz sich wünscht und erträumt, wonach es sich sehnt. Sie lagen ihr zu Füßen mit einer Artigkeit, dass sich Irena wirklich wie die Schaumgeborene vorkam, wie die Venus die makellos dem Meer entstieg. Als die Sonne sich gegen Abend neigte, saßen alle vier erschöpft in Irenas kleinem, roten Sportwagen. Die jungen Männer bestürmten Irena, später wieder nach Portese herunterzukommen, um mit ihnen tanzen zu gehen. Als Irena die Trattoria betrat, kam Rosetta ihr entgegen und schwenkte einen Brief. Mike hatte aus Berlin geschrieben. Ungeduldig riss Irena den Briefumschlag auf. „Berlin ist immer wieder neu faszinierend", schrieb er. „Wenn es klappt, werde ich dich Ende Juni für ein paar Tage Auszeit besuchen." Die bizarren Linien seiner Schrift bewegten sich in steilen Sprüngen auf und nieder und vermittelten Irena eine aufsteigende Freude auf sein Kommen.

Mike, der Ritter aus der Zeit des Halberwachseseins, der wie der große Geist Shivas über das Tausendundeinenacht ihrer Vergangenheit wachte, kehrte zurück. Sie drückte Rosetta einen heftigen Kuss auf die Wange und stürmte glücklich hinauf in ihr Zimmer. Ein frischer Wind kam vom See herauf und brachte Kühle in die aufsteigende Nacht.

Die drei jungen Männer umgaben Irena mit einer Woge zärtlicher Heiterkeit. Drei dunkle Augenpaare glänzten im Licht der kleinen Lampen, die wie schimmernde, schwimmende Ampeln auf den Tischen des

Tanzlokales standen. Sie tanzten sich gemeinsam heiß beim Cha-Cha-Cha, Merenge und der Masurka. Die Tanzfläche lag im Freien. Der schmalhüftige Sänger der Band sang ,Melanconia in settembre‘ mit der Hingabe eines jungen Mädchens. Später fuhren sie die Uferstraße nach Salò weiter und der Fahrtwind kühlte ihre erhitzten Gesichter.

Der lungo lago in Salò war hell erleuchtet. Die Straßen und Gässchen voller Menschen. Der See glänzte im Licht der Promenade. Den Blumenbeeten entstieg der Duft schlafender Blüten. Sie zogen von einer Bar zur anderen, lachten und tanzten, bis sie erschöpft wieder in den Polstern des Wagens landeten. „Jetzt sehen wir uns die Signori in Gardone Riviera an." Tizianos Hand lag heiß auf Irenas Nacken. Sie rastete den Gang ein und der kleine Wagen schoss davon. Gardone Riviera schwamm heran wie eine schillernde Seifenblase. Sie parkten den Wagen und stiegen zur spiaggia hinab. Gedämpfte Musik empfing sie unter dem Blätterdach eines Parks. Der nächtliche Himmel wölbte sich klar über dem See. Im sanften Rhythmus schlugen die Wellen gegen die Ufermauer. Auf der Tanzfläche im Park tanzten Paare eng umschlungen. Tiziano nahm Irena bei der Hand und zog sie auf die Tanzfläche. Zärtlich umfingen seine Arme sie. Er küsste sie auf die Schläfen und drängend suchte sein Mund den ihren. Verwirrt lag sie in seinen Armen. Jetzt merkte sie auch den Alkohol wie Bleigewichte in ihren Gliedern. Mit großer Klarheit erkannte sie, dass mit seinen heißen Küssen die Zartheit und die Schönheit dieses Tages verloren ging. Die Nymphe Irena wurde wieder zu einer jungen Frau, die von einem jungen Mann auf das heftigste begehrt wurde. Sie entwand sich seinen Armen und floh in den Park. Unter einem Feigenbaum lehnte sie sich an die Ufermauer und lauschte in sich hinein. Wie kleine Lichtpunkte in einem Tunnel sah der Landungssteg von Portese über den lackschwarzen See herüber. Irena massierte sich langsam die schmerzenden Schläfen. Lass dich nicht durch die Umstände bestimmen, sondern bestimme du die Umstände. Ein weiser Spruch, aber wie bringt man ihn zustande? Wie legt man ihn als dehnbares Gummiband um dieses entfesselte Leben, in dem jeder seinen eigenen Wünschen nachspringt? Mike fehlte ihr. Sie wusste nicht, wie lange sie an der Ufermauer gestanden hatte. Sie bog den schmerzenden Nacken, als eine grelle Blitztirade die Berge herunter auf den See sprang. Wie durch ein Feenfeuer stieg die Anspannung in der Luft, einem Lichtbogen gleich. Dann prasselte der Regen nieder. Das Wagenverdeck! Irena rannte durch den Park, bis sie die Höhe der Hauptstraße erreicht hatte.

Auf dem Parkplatz strömte der Regen wie eine sprühende, silberne Wand im hellen Licht der Neonlampen. Von weitem sah sie eine Gestalt, keuchend und nass glänzend das Verdeck ihres Wagens hocharbeiten. Sie lief durch die aufspritzenden Wasserlachen und rannte wütend gegen die rote Haut ihres Wagens. „Was machen Sie an meinem Wagen?", rief sie zornig. Die Gestalt drehte sich zu ihr um. Ein Blick aus dunklen Augen traf sie. Es war Romano. Irena erstarrte, der Regen rann ihr aus den Haaren, lief ihr über das Gesicht, presste das leichte Sommerkleid wie eine zweite Haut an ihren Körper.

Über das halb hochgezogene Verdeck sahen sie sich für einen Moment schweigend an. Aus ihrer inneren Tiefe stieg eine Ahnung auf, die Irena mit namenloser Angst erfüllte. Diese Ahnung stieg und stieg, bis sie mit einer plötzlichen Klarheit wusste, dass dieses schemenhafte, steigende, ungeheuerliche Etwas durch ihn ausgelöst wurde. Sie wusste auch, dass sie an ihn verloren war und nichts dagegen tun konnte. Wütend rief er: „Hilf mir das Verdeck zu schließen oder willst du dich in deinem eigenen Wagen ertränken?" Sein Zorn rief sie in die Wirklichkeit zurück und mit klammen Finger klinkte sie die Verschlüsse des Verdecks ein. Er schlüpfte hinter den Fahrersitz und öffnete ihr die Beifahrertür. Sie sprang in den Wagen, völlig durchnässt und klamm an allen Gliedern. Der Regen prasselte auf das Wagendach und eine Weile sah er sie schweigend an. Zusammengekauert und nass wirkte sie wie ein ängstliches Kind, nicht älter als Antonia. Die hellen Mondaugen in den Regen da draußen gerichtet, erwärmte ihr Anblick sein Herz. Doch sein Stolz verhinderte, dass diese Wärme sich in Worte kleidete. So öffnete er das Handschuhfach und suchte nach Zigaretten. Er zündete zwei an und reichte ihr eine herüber. Irena nahm die Zigarette, ohne ihn anzusehen. Er grinste: „Ich habe einen Verehrer von dir ein bisschen grob behandeln müssen. Er war blau wie ein Veilchen und behauptete hartnäckig, er müsse hier auf dich warten." „Das war Tiziano", sagte Irena leise. „So ein schöner Name für so einen hässlichen Kerl", Romano lachte. „Ich wusste gar nicht, dass du dich von Katzen auf Hässliche umgestellt hast". Irenas helle Augen tauchten blitzend aus dem schwachen Licht hinter der Frontscheibe auf: „Sie sind unglaublich eingebildet! Was denken Sie? Wie eine Kunstskulptur haben Sie wohl noch nie ihr Podest verlassen? Aus Angst, man könnte ihre banale Nacktheit, ihren künstlich aufgebauten Schutzwall sehen", schrie sie ihm aufgebracht ins Gesicht. Ihre Worte, die verletzend sein sollten, schienen ihn gar nicht zu erreichen, stellte sie betroffen fest. Genussvoll schloss er die Augen und sagte heiter: „Du bist gar nicht so temperamentlos, wie ich dachte." Dann ließ er den Wagen an und wendete.

Er fuhr langsam durch die leeren, nächtlichen Straßen. Der Regen hüllte sie ein. Sein monotoner Trommelwirbel auf das Wagendach ließ Romano scheinbar ganz vergessen, dass Irena neben ihm saß. Wütend auf sich selbst, mit angezogenen Knien brütete sie vor sich hin: ‚Warum spielte dieser Romano den großen Casanova, die unwiderstehliche, männliche Bestie? Denn dass er das spielte, wusste sie genau. Er hatte sich von Anfang an zu ihr hingezogen gefühlt, das war auch der Grund, warum er immer wieder auftauchte. Seine Wünsche und sein Begehren aber hatte er zu seiner eigenen Verfügung in sich eingeschlossen. Er hatte eine Mauer zwischen ihr und sich aufgebaut, eine Mauer aus Trotz und Stolz, deren Abwehr Zynismus war. Deshalb prallte sie an dieser Mauer immer wieder ab. Eine Mauer zu seinem Schutz, nicht zu ihrem

Schutz. Ein Bollwerk der Herausforderung, an dem man sich nur völlig offenbaren oder abprallen konnte. Doch Irena war nicht bereit, sich preiszugeben oder sich durch seinen Zynismus verletzen zu lassen.

Eigentlich war es ganz einfach. Das Zauberwort hieß Zärtlichkeit, für ihn und für sie. Sie war die stille Glut, die Kälte abschmolz, die ihr Herz von diesem glitzernden Frost befreite. Von der Trauer, die sie nicht wie eine Gewand ablegen konnte. Es war immer wieder die Zuneigung, die Innigkeit, die Geduld eines Liebenden, die Gefühle erblühen ließen. Der Sternenstaub, dieses Urwunder, aus dem wir alle sind.

Der Regen sang sein monotones Lied auf das Wagendach. Irena spürte kaum, dass der Wagen auf der Höhe hielt und sie aus dem Sitz getragen wurde. Erneut fiel Regen auf sie. Ein Blitz erhellte die ausgetretene Steintreppe wie ein Polarlicht. Eine Tür wurde aufgeschlossen und klappte wieder zu. Romano stellte Irena wieder auf die Füße, in einem Raum, in dem große und kleine Gegenstände durcheinander standen. Durch das große Dachfenster fiel die zuckende Helligkeit eines Blitzes wie ein Beil durch die Dunkelheit. Die Schatten der Gegenstände wuchsen unter seinem Blitzlicht ins Riesenhafte.

Romano stand hoch aufgerichtet vor ihr, das Gesicht im Schatten der Nacht. Sie rannte nicht fort wie damals in München. Sie spürte sein Sehnen und lehnte sich einfach gegen ihn. Ein Zittern, dessen Ursprung er war, lief durch ihren Körper, gerann unter dem nassen Kleid auf der Haut. Er schlang seine Arme um sie und sagte mit einer Sanftheit, die wie eine Selbstverständlichkeit klang: „Carina, du musst etwas anderes anziehen, du bist ja eiskalt und völlig durchnässt." Sie hörte ihn im Hintergrund des Raumes rumhantieren. Während gebündelte Blitze wie Lichtschlangen auseinander aderten und der Donner scheppernd über das Dachfenster rollte, kam Romano zu ihr zurück. Er ging zum Eingang und sie hörte ihn fluchen. Das Unwetter hatte scheinbar die Stromzufuhr

unterbrochen. Er zog ihr einfach ihre Kleidung aus und schlang ein großes Handtuch um sie. In dem Handtuch massierte er sie warm. Sie nahm
seinen Atem und sein Besorgtheit wahr. In seinem Tun war er einfach er
selbst, so unkompliziert und ganz nah. Sie hätte gerne die Arme geöffnet
und ihn da hineingelassen, auf ganz zarte, stille Weise. Doch das Gewitter tobte wie eine wütende Woge über das Glasdach und zerstach mit
seinem dicht aufeinander folgendem Donner jeden angefangenen ruhigen Gedanken.

Was sie in Wirklichkeit fürchtete, war die Schärfe seines Zynismus.
Ihn hätte sie jetzt absolut nicht vertragen können. So blieb sie verschlossen und nahm nur die Innigkeit seiner Besorgnis auf, mit der er sie
wärmte und trocknete. Er zog ihr einen Schlafanzug an, der wie ein
flatterndes Hemd an ihr hing. Ihre Unbeweglichkeit ließ ihn leise lachen.
Dann hob er sie auf und trug sie zu einem Diwan. Sie fröstelte und nahm
kaum wahr, wie er sie zudeckte. Die Macht des Unwetters und die zuckende Helligkeit, die am Saum ihrer geschlossenen Lider entlanglief,
schienen den Raum zu beherrschen. In den Pausen zwischen dem Wet-
terschlägen, wenn nur der Regen strömte, hörte sie seine rastlosen
Schritte auf und ab gehen.

Sie lag auf dem Diwan wie in einem Kältefach. Weder der Schlaf
noch innere Wärme wollten sie erlösen. Sie fühlte den Eisblock, der sie
ausfüllte und für nichts anders Raum ließ, wie eine körperliche Bedro-
hung. Die Hilfe, die sie sich ersehnte, stieg wie ein Schrei in ihre Kehle,
doch das eisige Ungetüm in ihr ließ diesen Laut zu einem Frosthauch
erstarren, ehe er die Ränder ihrer Lippen erreicht hatte.

Angst stieg in ihr auf, mit der Schnelligkeit einer Raubkatze, die ihr
Opfer belauert hat, es aus dem Hinterhalt anspringt und ihm keine
Chance lässt. Grub sich ihr in Hals und Nacken und saß fest wie ein
Pflock unter ihrem Kinn. Stille, kein Donner, kein Blitz, keine Schritte.

Irena riss die Augen auf, Romano stand vor dem Diwan. „Warum schläfst du nicht, Contessa?" Die Worte kamen ganz tief und langsam aus seinem Inneren, als hallten sie nach, wie ein Echo, dem Stille folgt. „Ich habe gefragt, warum du noch nicht schläfst?" Der Ton seiner Stimme änderte sich, Härte kehrte in sie zurück. ,Oh Gott, Herr, hilf mir , Irena spürte, wie die Wand zwischen ihnen wuchs. Er beugte sich zu ihr herab und ihr Atem fing an, wie ein Segel im Wind zu flattern. Er griff sie bei den Schultern und zog sie zu sich hoch. Sie spürte die Härte seines Griffs, seine Aufgebrachtheit, sein Verletztheit und konnte nichts dagegen tun. Sie öffnete die Lippen, aber kein Laut drang aus ihrer Kehle. Sie war wie zugeschnürt, nur der Atem fand keuchend seinen Weg.

Er zog sie dicht vor sein Gesicht, sodass sie wie hypnotisiert den Glanz seiner Augen sehen konnte. Sie waren im Zorn auf sie gerichtet. „Hör zu, bambina, mich hältst du nicht zum Narren. Ich kenne die Frauen, auch wenn du mich ansiehst wie die Unschuld selbst. Was dir fehlt, ist ein richtiger Mann, der die Glut in dir aufbricht, bis du bereit bist, die Wirklichkeit wieder zu akzeptieren. Wieder zu leben wie eine junge Frau, so blühend, so schön und begehrenswert, wie du bist." Verzweifelt stieß er die letzten Worte heraus. Seine Arme umfingen sie und sein Mund verschloss hart ihre Lippen. Er presste sie auf den Diwan mit der ganzen Kraft seines Körpers. Mit einer plötzlichen Heftigkeit wehrte sie sich, was ihn nur noch wütender werden ließ. Sie kratzte und biss ihn wie eine Katze im Sturz. Er lachte böse auf, um sie mit einem erneuten Aufprall unter sich zu begraben. Die Schwere seines Körpers, die Wildheit, mit der er sich in sie hineingrub, erregte sie. Sie wusste nicht, dass sie schrie. Eine rote Woge schlug über ihr zusammen, riss sie hinweg, trug sie hoch und stürzte sie wieder in die erschauernde Tiefe eines vibrierenden Elements: das Element der Hitze, die zwei Körper ineinander verschmelzen ließ. Mit einem Seufzer aus Wonne und Lust erlag sie seiner Umarmung.

Als sie erwachte, war sie von seinem schlafenden Körper umfangen. Die wärmende Nähe seiner Haut war wie ein wohliges Bad nach einem erschöpften und traumlosen Schlaf. Vorsichtig bewegte sie sich, um ihn nicht zu wecken, doch der Schmerz, der sie durchzuckte, ließ sie hellwach werden. Mit einer plötzlichen Schärfe erkannte sie: Seit langem hatte er vorgehabt, sie so zu besiegen, sie zu besitzen. Er war ihr nachgegangen und hatte den passenden Moment abgewartet. Dann nahm er sich, was sein Begehren war, ohne daran zu denken, wie sie sich fühlen würde, was ihre Sehnsüchte, Träume und Gefühle waren. Er hatte vorausgesetzt, dass auch sie das Spiel um den Apfel spielte, und danach gehandelt.

Langsam kehrte die Kälte in sie zurück. Sie zog ihren schmerzenden Körper an der Wand empor und tastete sich bis an das Ende des Diwans. Sie glitt hinab auf die Erde. Irgendwie fand sie ihre klammen Kleider wieder. Der Morgen graute in der Höhe über dem großen Atelierfenster. Sie lehnte sich gegen ein körpergroßes, vierkantiges Objekt und starrte durch das Zwielicht auf eine aufgezogene Leinwand. Jetzt erst wurde ihr richtig kalt – unter einer Flut schwarzer Haare starrten sie im Zwielicht zwei helle Augen von der Leinwand an. Romano hatte die Sirene gemalt. An den Malutensilien, die herumlagen, und an den leeren Feldern um das Gesicht dieser Frau wurde Irena klar, dass dieses Bild noch nicht vollständig war. Die Gesichtszüge der Mailänderin waren voll lasziver Lebensgier. Gustav Klimt hatte genau so seine zweite Salome, mit dem abgeschlagenen Haupt Johannes des Täufers in den besitzergreifenden Händen, gemalt. Während sie im grauen Licht des Morgens ihre Kleidung überstreifte und auf die Tür zurannte, hörte sie noch, wie Romano erwachte. Sie stürzte fast die Steintreppe hinunter und die Stufen nahmen kein Ende. „Contessa", schrie er, „Contessa rosa, o dio, komm zurück!" Doch sie rannte weiter. Sie floh wie ein Vogel im Wind, den der aufsteigende Morgen in seinem Frühlicht aufnahm.

Als sie atemlos ihr Zimmer über der Trattoria erreichte, war es ihr, als kehre sie von einer langen, beschwerlichen Reise aus dem Inneren der Erde zurück, aus dem Universum, der Tiefe ihres Körpers, ihres Seins. Von einem schweigend verschlossenen Ort, an den wir immer wieder wie blinde Kinder nur mit unserem Gefühl beladen zurückkehren, um die Wahrheit zu suchen. Sie schlüpfte in ihr Bett wie in eine schützende Höhle und der Schlaf übermannte sie sofort.

Als Irena erwachte, schien die Sonne von einem wolkenlosen Himmel. Die Mittagshitze hatte noch nicht ihren Höhepunkt erreicht. Durch das geöffnete Fenster drang der Straßenlärm und die Gerüche dieses Landes, welches sie liebte. Die Beklemmung und die Zweifel dieser Nacht waren einem stillen Ernst gewichen. Reglos, mit offenen Augen lag sie da und fragte sich, was wirklich in dieser Nacht geschehen war. Hatte sie Romano nur als Täter seiner unbeherrschten Gefühle empfunden? Aber sie wusste, dass das nicht so war. Er war verzweifelt gewesen über die Barriere, die zwischen ihnen beiden lag. Irena wurde dadurch unerreichbar für ihn und so konnte er seine Aufgebrachtheit nicht mehr verbergen, die er als Mann gern verborgen hätte.

Still fragte sie sich, ob dieses Verständnis für Romano eine Wiederkehr ihrer Person war. Ein langsames Zurückebben von all dem Leben, welches so glutvoll in ihr pulsiert hatte. Wie ein Hauch streifte sie ein Duft, der alle Sinnlichkeit in ihr weckte. Elisabetha, sie war damals kaum älter gewesen als Irena heute. Wie hatte sich die Spur ihres Lebens vorwärts bewegt? Was war geschehen, als Salvatore eingezogen wurde und sie nicht wusste, ob sie ihn jemals wieder sehen würde? Wie hatte sie damit leben können? Wann begegnete Elisabetha dem Mann, der sie ins Leben zurückrief und der Irenas Vater wurde? Auch ihn verlor sie. So blieb sie allein zurück, unerfüllt wie eine grenzenlose Sehnsucht, die nur noch auf dem Wind schlafen kann. Vorsichtig formte Irena diese Gedanken, wie ein Kind, welches Buchstaben malt und noch nicht begreifen kann, dass es einmal schreiben wird. Ich werde Rosetta bitten, die Briefe meines Vaters an meine Mutter herauszusuchen. Sie sind ein Band in die Vergangenheit und vielleicht auch ein Band in die Zukunft. Einfach ein Band des Verstehens. Sie stand auf und nahm ein Sommerkleid aus dem Schrank, schlüpfte hinein und betrachtete sich im Spiegel. Die Nacht hatte bläuliche Schatten unter ihren mondgrünen Augen hinterlassen. Die Haut wirkte durchsichtig wie Porzellan. Der rostfarbene Schimmer ihres Haares umgab ihr Gesicht wie eine Feuerlohe. Sie wusste, dass sie ein wunderbares Geschenk für Menschen war, die sie liebten. Romano hatte das vom ersten Moment an erkannt. Sie sprang unter die Dusche und kleidete sich an.

Als sie in die Trattoria hinabkam, empfing Signora Rosetta sie mit einem besorgten Gesicht. „Was hast du gestern Abend gemacht? Hast du zu viel getrunken? Romano war vorhin hier und hat deinen Wagen zurückgebracht. Ich habe ihn noch nie so besorgt und verschlossen gesehen." „Ja, Rosetta", lächelte Irena matt, „ich hatte etwas zu viel getrunken und Besorgtheit kann einem Mann wie Romano nicht schaden, der sich sonst wenig Gedanken um andere Menschen macht. Findest du nicht?"

Die Tasten der kleinen Schreibmaschine sprangen hoch auf. Die Gedanken zogen durch Irena wie Fantasmen und endeten in festen schwarzen Buchstaben auf dem Papier. Irena schrieb mit einer Leichtigkeit, wie es ihr seit langem nicht mehr gelungen war. Ein Manuskript hatte sie vor Tagen nach München geschickt. Salvatore Bonazzi wird es beglückt an ihren alten Verleger weitergereicht haben. Sie schrieb mit der Eleganz einer jungen Frau, die jede Hürde nimmt. Die Flut der Worte trugen sie auf eine Ebene hinauf, die sie fast zerspringen ließ. Sie bog ihren Rücken über die Stuhllehne und dehnte die Arme. Das Zimmer wurde ihr plötzlich zu eng, sie sehnte sich nach Weite. Sie hob die Katze Stelina auf und lief hinaus, den Hängen über San Felice entgegen.

104

Irena fand Antonia unter dem tief hängenden Blätterdach der Akazie, wie bei ihrer ersten Begegnung. Die Katze Stelina war ihr voraus-
geeilt und umstrich schnurrend Antonias angezogene Beine. Antonias
finsteres Gesicht betrübte Irena. Trauer erfasste sie und der Wunsch,
dieses Kind, dieses Mädchen, welches sich so natürlich und warmherzig
für sie geöffnet hatte, zu trösten. Jetzt brauchte sie Trost, das war nicht
zu übersehen. „Antonia", sagte Irena leise, „bambina mia, was ist los?"
Da kehrte Antonias unergründlich dunkler Blick vom See zurück. Sie
fasste die Katze im Genick und zog sie zu sich auf ihren Schoß. „Ich bin
seit langem traurig und allein. Ich war so einsam, dass ich mir uralt
vorkam. Ich habe mich auf die Steinstufen vor Romanos Atelier gelegt.
Ich dachte, wenn ich lange genug dort liege, werde ich auch so alt, grau
und stumm wie diese Steine. Irena, wie ist das, wenn man groß ist? Geht
das immer so weiter und hört nicht auf?" Irena schloss die Augen: ‚Antonia , dachte sie, ‚mein Gott Antonia, wer hat dich so gekränkt, so be-
lastet, dass du kein Kind mehr sein willst? Als sie die Augen wieder
öffnete, war der lackschwarze Blick Antonias auf sie gerichtet. Irena
senkte die Augen und versuchte sich auf die Katze zu konzentrieren, um
die Trauer in ihren Augen zu verbergen. „Ich hasse die Mailänderin!"
Mit einer plötzlichen Wut brach die Verschlossenheit Antonias auf, barst
auseinander, wie ein zersplitterndes, explodierendes Gefäß, um wie ein
Scherbenhaufen in sich zusammenzusinken. Aus ihm stieg ein schluch-
zendes kleines Mädchen. Hilfe suchend floh sie in Irenas Arme, um
Trost zu finden. „Die Mailänderin macht Romano böse, wild und fremd.
Mama sieht so zornig aus, wie ich sie noch nicht einmal bei einer ganz
schlimmen Sache von mir gesehen habe. Irena, nimm mich mit, lass
mich mit dir und Stelina leben. Ich will das Farbkastengesicht von dieser
Signora aus Mailand nicht mehr in unserem Haus sehen." Wütend zerrte
sie an ihrem Kleid. „Ich will nicht, dass sie abends die Steinstufen zu
Romanos Atelier hinaufgeht. Ich will, dass sie verschwindet! Oh Irena,
ich habe ihr von Mamas Schlaftabletten in den Kaffee getan. Sie hat es
bemerkt und Romano hat mich verprügelt. Wieso konnte diese miese

Hexe den Kaffee nicht austrinken und aus unserem Leben verschwinden? Was macht sie nachts in Romanos Atelier? Ich hasse diese Frau, die unsere ganze Familie durcheinander bringt!"

Antonia schrie die Worte hinaus. Ihr kleines Gesicht war hoch aufgerichtet und ihre dunklen Augen ein schwarzer Spiegel voller Tränen. Irenas Gedanken zogen sich schmerzend hinter der Stirn zusammen. „Tonia, bambina mia, beruhige dich, mein Herz." Tröstend legte sie die Arme um Antonia. „Wir werden zu Signora Rosetta hinuntergehen, eine heiße Schokolade trinken und in Ruhe reden, was wir ändern können." ‚Was weiß sie‚ dachte Irena in heißem Zorn, ‚was hat sie gesehen? Ich werde diesen Romano noch erwürgen müssen, mit meinen eigenen Händen. Um dieses Kind Antonia und meiner selbst willen. „Irena, warum presst du die Augen so fest zusammen?", rief Antonia. Sie hatte sich von Irena gelöst und wischte wütend die Tränen von ihren Wangen. „Na warte", sagte Antonia böse, „ich weiß noch, wo eine Rattenfalle im Keller ist. Die werde ich aufstellen, dann klappt es das nächste Mal bestimmt." „Du gibst auch nicht auf", sagte Irena erheitert, „an Fantasie hat es dir noch nie gefehlt."

Antonia und Irena kehrten in die Trattoria zurück, als die Dämmerung die Häuserfront auf der buckligen Straße erreichte. Rosetta Masoni nahm Antonia in die Arme: „Ciao, bimba, das wurde aber Zeit, dass du uns wieder mal besuchst." „Antonia hat Schwierigkeiten zu Hause", sagte Irena mit einem gefrorenen Lächeln, „sie hat der aufgetakelten Mailänderin den Kampf angesagt." „Ich verstehe Romano nicht", sagte Rosetta leise hinter der Kaffeemaschine. „Diese bunte Hexe ist keine gute Frau, er sollte lieber vorsichtig sein." Sie bereitete zwei Schokoladen zu und sah zu, wie die beiden sie mit Genuss tranken. Dann schob sie Antonia einen Eisvulkano zu, von dem sie wusste, dass die Kleine ihn leidenschaftlich gerne aß. Zubereitet wurde er aus Vanilleeis mit

Amarenakirschen und einem spitzen Sahnetuff, einem Spritzer Amaretto und Amarenasaft darüber. So war die gute Laune wieder hergestellt. Irena und Antonia sprangen fröhlich die Treppe hinauf in Irenas kleines Reich. Antonia bestaunte den Blätterberg, der die Reiseschreibmaschine umlagerte. Begeistert zählte sie die Seiten und scheuchte die Katze Stelina durch den Raum. Die aufgebrachte wilde Bitterkeit war von ihr fortgeweht, abgeglitten wie der Regen von einem Regenschirm. Die Unbekümmertheit, zu der Antonia zurückgekehrt war, ließ auch den Zorn in Irena weichen. Die Unruhe, die sie befallen hatte, als sie Antonia so aufgewühlt und trostlos unter der Akazie fand, schlüpfte hinter den Horizont. Es entrückte ihr auch die Nacht, die so voll tiefgründiger Schwere die Person Romanos immer wieder in ihr Bewusstsein holte.

Als Antonia gegangen war, saß Irena lange in der Dunkelheit und dachte über sie nach. Sie war die entzückende Mischung aus einem Mailänder Droschkenkutscher, einer engelhaften Schwester von Don Camillo und einem Stückchen Scheherazade aus Tausendundeinernacht. Sie beschwor in Irena die Zeit des Erwachens herauf, die Zeit des Halberwachsenseins, die Zeit des leichten Fluges, in der die Fantasie noch alle Wünsche erfüllte, in der die Sehnsucht eines Mädchens fähig war, die Welt zu umfliegen und das Feenland zu betreten.

Doch die Erinnerung endete für Irena jedes Mal schmerzvoll. Sie endete mit einem Brandmal auf ihrer Seele. Mit dem Tode Renés. Sie konnte dem nicht entfliehen. Es war wie ein teuflisches Räderwerk. Antonia zog Irena in ihren Bann. Sie war das lebende Ebenbild ihrer eigenen Mädchenjahre. An der Seite Antonias in diese Zeit hinabzutauchen, war wundervoll. Wie in den Mythen der Griechen hinab in das Meer zu tauchen, die Grotten der Kindheit mit der Helle der Phosphorfackeln noch einmal auszuleuchten. Zu dem Preis, für immer im Hades zu bleiben oder zu einer versetzten Zeit wieder an die Wasseroberfläche zu kommen. Die Zeit mit René vom ältesten Gedächtnis unseres

Planeten, dem Wasser, dem Meer hinwegspülen zu lassen. Es wurde ihr klar, dass es ihr nie gelingen würde, diese Zeit mit ihm aus ihrem Gedächtnis zu löschen. Wie Orpheus mit dieser unauslöschlichen Sehnsucht nach Eurydike leben musste. Sie musste beenden, was der Tod vor ihr getan hatte.

Irena legte die Stirn auf die gekreuzten Arme und dachte verzweifelt: ‚Antonia, bambina mia, ich erwarte zu viel von deiner Zuneigung. Deine Seele ist der meinen so verwandt, was liegt näher, als deine Nähe zu suchen? Jede Großmutter schlüpft mit Entzücken und Freude in ihr Mädchenkleid, wenn sie der Enkelin Schneewittchen vorliest und ihr ganz nahe sein kann. Eine leichte Hand legte sich ihr in den Nacken und fuhr liebkosend über die verkrampften Schultern. Der Duft von gutem Essen brachte Irena in die Wirklichkeit zurück. Im Zimmer brannte nun das Licht. Signora Rosetta lächelte Irena an und schob die flache Schreibmaschine beiseite. „Pause, carina. Essen hält Leib und Seele zusammen. Ein alter Spruch, der wohl überall auf der Erde gilt. Ich habe dir Trota salmonide, Lachsforelle, mitgebracht. Es sind die ersten dieses Jahr. Frisch gefangen und vom Grill. Knusprig, krustig und innen zart wie Muschelfleisch. Wer arbeiten will, muss sich gut vorbereiten", sagte sie lächelnd. „Dazu gehört gutes Essen und ich wünsche dir guten Appetit, mein Herz." Leichtfüßig ging sie hinaus.

Irena war im ersten Moment wie benommen. ‚Sie weiß es , dachte sie. ‚Diese Frau weiß, womit ich kämpfe. Mit der Erkenntnis, dass ein anderer Mensch ihre Nöte empfand und begriff, wie schwer es war zu vergessen, überkam sie eine wilde Freude. Mit Appetit aß sie die Lachsforelle und die aufgespießten Artischockenherzen aus einem Schüsselchen. Der junge, hellgrüne Schnittsalat gemischt mit Radicchio schmeckte vorzüglich. Sie aß das Brot dazu und trank den Bardolino, der von den Hängen über dem See und von dem Fluss Adige, dem Arno, bis

Rovereto kam. Mit Freuden sah sie danach ihr Manuskript durch und war zufrieden mit ihrer Arbeit.

Der Juli verging und brachte die größte Hitze des Jahres. Irena arbeitete an ihren Geschichten und wenn Antonia kam, genoss sie die spritzige Zweisamkeit, die beide verband. Rosetta Masoni sah mit glücklichen Augen auf diese beiden Menschenkinder, die ihr Haus fröhlich und sonnig machten.

Romano blieb unsichtbar; wie Antonia sagte, hatte er eine Ausstellung in Bregenz. Josefa Seravino lud Irena ab und zu in den sommerlich erhitzten abendlichen Garten ein. Auch sie genoss die Freundschaft ihrer Tochter zu Irena. In der Harmonie dieser durch Zuneigung verbundenen Frauengemeinschaft schöpfte Irena wieder neue Kraft. Vertrauensvoll wuchs sie über sich hinaus. Mit der Gewissheit etwas zu erschaffen, was andere Menschen interessiert, vergrub sie sich in ihre Schriftstellerei. In den Nächten, wenn die Tageshitze nachgelassen hatte, ruhte die kleine Reiseschreibmaschine nicht. An den Mittagen, wenn die Tageshitze ihren Höhepunkt erreicht hatte, schlummerte Irena mit der Katze Stelina im Arm im kühlen Halbdunkel ihres Zimmers.

An einem Abend im August, als die Tageswärme noch vor Mitternacht nicht weichen wollte, saßen Irena und Josefa Seravino bei einem Glas Merlot auf der Terrasse. Antonia lag zusammengerollt in einem Korbsessel und war eingeschlafen. Signora Seravinos Augen strichen liebkosend über die Gestalt ihrer Tochter hin. Ganz sanft und leise sagte sie, ohne den Blick von Antonia zu wenden: „Sie ist das schönste Rätsel, welches ich je versucht habe zu lösen. Wenn man jung ist haben alle Wege Pforten. So wie in einem unendlichen Spiel oder einem sonnenbeschienenen Irrgarten. Sie ist das Schönste, was das Leben mir geschenkt hat." Ihr Augen kehrten zu Irena zurück und Sympathie war

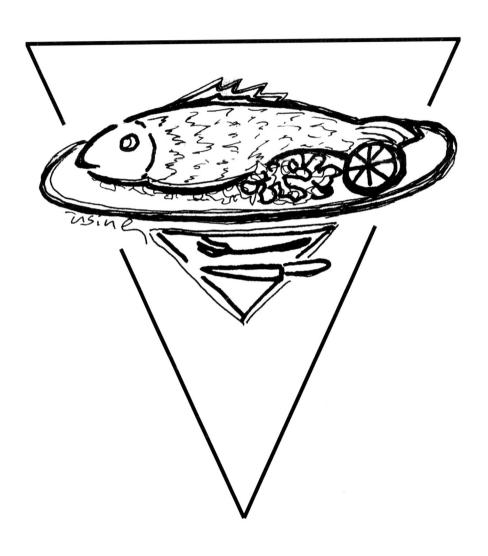

darin zu lesen. In dieser warmen Sommernacht saßen sich diese beiden so verschiedenen Frauen gegenüber und sahen sich in die Augen.

Josefa in ihrer reifen Vollendung, mit ihrem so ausgewogenen Wuchs mit den fließenden Bewegungen ihres Körpers, der seine eigene Sprache hatte. Die überraschend blauen Augen unter der Fülle von schwarzem Haar, das noch keine grauen Fäden zeigte, beraubten sie jeglichen Alters. Sie erschien wie die Schaumgeborene, zur Vollendung erblüht, fern jeglicher Kindheit, fern jeglichen Alters. Das Blau des Meeres in ihren Augen sagte mit ruhiger Gewissheit: Ich kenne die Gewaltigkeit, die Sanftmut und den Werdegang jedes Küstenstriches, den dieses Urelement unserer Erde berührt. Gleichviel bin ich auch Mutter Erde mit der mächtigen Weichheit dieses Elements und der ewigen Wiederkehr.

In dieser Nacht erfuhr Irena, dass die Dinge eine andere Größenordnung für sie bekommen hatten. Hier verstand sie auf ganz einfache Weise, weshalb Salvatore Bonazzi nach Elisabetha keine andere Frau mehr gewählt hatte. In diesem Land stand die Wiege der Frauen.

In diesem Land kamen die Frauen mit einer verehrungswürdigen Warmherzigkeit, mit alles umfassenden Armen der Geborgenheit auf die Welt. Es waren die Männer, die das von ihnen verlangten und sie gleichzeitig innig dafür verehrten.

DIE MACHT DER MÄNNER IST DIE GEDULD DER FRAUEN

Sie liebten sie und bewachten sie eifersüchtig, aber gleichzeitig waren sie bereit, ihnen alles zu verzeihen. Denn sie brauchten sie zum Atmen und zum Leben und zur innigen Wonne, die nur von ihnen ausging. Selbst in Sizilien, wo die Mauren und Sarazenen mit der Grausamkeit ihrer Mentalität, mit der Gewalt der Eroberer tief greifende Spuren hinterlassen haben, selbst dort bekommt der einfache Mann auf der Straße ein Glitzern in die Augen, wenn er hintergründig sagt: „Certo, sicher sind alle Frauen Huren, solo la mia mamma, nur meine Mutter nicht!"

An einem der ersten Septembertage bekam Irena Post von Mike mit der Mitteilung, dass er sie in den nächsten Tagen besuchen würde. Trotz dieser guten Nachricht war es ein beklemmender Abend. Wie ein umsinkender Turm, schwer und schwül, sank die Dämmerung in die Nacht. Irena las nochmals Mikes Telegramm. Die Freude über sein Kommen und das Bedürfnis nach frischer Luft, ließen sie die bucklige Straße hinaufsteigen. Sie ging dem Hügel mit den hohen Zypressen entgegen. Sie stieg durch die nächtlichen Gärten den Hang hinauf, als ein Blitz wie ein greller Stein aus dem schwarzen Himmel fiel. Die Schwüle entlud sich kurz, aber heftig. Der Regen stürzte schäumend wie ein Wasserfall aus der Höhe des nächtlichen Zenits. Jede Kontur der Umgebung erlosch in dem rauschenden Dunkel. Irena war unter einen Baum geflüchtet und stand an den Stamm gelehnt, an dem klickernd das Wasser herunterrann. Sie empfand keine Angst vor der Heftigkeit der Natur, die aus der beladenen Schwüle zur Erde hinabstürzte, um mit einem strahlend blauen Morgen wieder zu erwachen. Sie schloss die Augen und genoss die kühle Feuchtigkeit des Regens. Sie spürte die rissige Rinde des Baumstammes unter ihren Händen. Das herabrieselnde Regenwasser tropfte unhörbar in diesem wilden Rauschen auf den Nadelboden.

Der Tag, an dem ihre Hände Halt suchend über die zerklüftete Rinde eines Baumes auf einem nasskalten Friedhof geschlittert waren, schien ihr nebelhaft fern. Der Wirklichkeit entrückt. Entfernt wie der Mond aus einer anderen Galaxie, von dem man nur noch die Bezeichnung des Standortes im Gedächtnis hat. Der Trommelwirbel des Regens ließ nach. Das Gewitter zog grollend am nächtlichen Saum des Sees hinauf Richtung Limone. Irena verließ das schützende Dach des Baumes und stieg den Hang weiter hinauf. Ein Blätterregen der Sträucher umgab sie und das nasse Gras benetzte wohltuend ihre Füße.

Der nächtliche Schatten der Zypressengruppe wölbte sich ihr entgegen, als sie auf halber Höhe des Hügels stand. Irena hatte Sehnsucht nach der Ruhe des lautlosen Nadelbodens unter ihnen, der so ein tiefes Geheimnis aus der Vergangenheit zu bergen schien. Sie stieg querfeldein den Hügel hinan. Der warme Regen hatte den nächtlichen Duft der Kräuter geweckt, den sie im Schlaf ausatmen. Das sinnliche, weiche Parfüm dieser Erde. Das in der Ferne abziehende Gewitter erhellte von der anderen Seite des Sees in kurzen Abständen wie ein Lauffeuer die Berghänge.

Plötzlich stieß der waidwunde Schrei eines Menschen aus dem schwarzen Gewölbe der Zypressen wie ein Pfeil in die Nacht. Ein eiskalter Schreck durchfuhr Irena, als hätte auch sie dieser Schrei wie ein tödliches Geschoss getroffen. Die hohen Zypressen waren von einem Moment auf den anderen ihrer sanften Anziehungskraft beraubt. Wie schwarze, zackige Hände standen sie plötzlich hoch aufgerichtet in den Nachthimmel gereckt. Irena rannte das letzte Stück des Hügels hinauf. Es war ihr gar nicht anders möglich. Wie ein Tier das fasziniert in die Feuerglut springt, statt vor ihr zu fliehen, bis sie gegen den ersten Stamm einer Zypresse stieß.

Es war ihr, als wenn eine riesige Mundhöhle in der Dunkelheit vor ihr den Atem heftig ein und aus stieß. Aber nichts war zu hören. Es war ihr eigener Atem, der in der lautlos tropfenden Stille der Bäume wie ein Orkan ihren Körper schüttelte. Die Angst legte sich wie ein eisiger Draht um ihre Kehle. Mit weiten Augen starrte sie in die Nacht, unfähig einfach zu entfliehen, sich zu bewegen, als ein Wetterleuchten des Gewitters durch die Bäume schlüpfte und über den in Feuchtigkeit wabernden Nadelboden glitt. Für Sekunden strich diese Helligkeit wie der

Lichtfinger eines Leuchtturmes über eine gekrümmte Gestalt. In der Gruft dieser Bäume lag wie die Spirale einer zerrissenen Uhrfeder die Mailänderin. Das weiße Gesicht halb in den Nadelboden gegraben. Das Haar wie ein wehendes, schwarzes Tuch des Todes, mit dem der Wind spielte. Wie ein Irrlicht, wie eine Momentaufnahme versank das Bild wieder in der Nacht.

Im gleichen Moment spürte ihn Irena eher, als dass sie ihn in der Dunkelheit sehen konnte. Während eines kurzen Aufleuchtens des fernen Gewitters suchten sich ihre Augen über die Gruft des Baumgewölbes hinweg. Ein greller Blitz ließ sein Gesicht aufleuchten wie eine Feuerlohe aus der Dunkelheit. „Romano", schrie Irena auf. Mit diesem Schrei sprengte das Entsetzen die Fesseln der Starrheit. Sie rannte den Hang hinunter, durch die Gärten über die schmalen Gassen. Sie flog die Treppe hinauf und fiel wie ein umstürzender Baum auf ihr Bett. Sie hörte nicht die schnellen Schritte auf der Treppe. Sie sah nicht Rosetta Masoni in der Tür.

Ihr Kopf war leer wie ein loser Gegenstand, der nicht zu ihrem Körper gehörte. Sie hörte nicht die weinenden Fragen Signora Rosettas. Fassungslosigkeit breitete sich in ihr aus und saugte jedes Gefühl auf.

Von weit her hörte sie Stimmen und sie wehrte sich gegen das Geräusch und das Erkennen dieser Stimmen. Sie wollte ihr Bewusstsein wieder hinabstürzen in dieses bodenlose, empfindungslose Element, aus dem sie unaufhaltsam emportauchte. In der Ohnmächtigkeit eines ihr entgleitenden, nichthörigen Willens trieb sie wie Sauerstoff beladenes Strandgut am Saum ihres Erwachens entlang. Antonia beugte sich über sie. Irena sah mit müder Abwehr in ihre mit Tränen gefüllten Augen. Erschöpft wendete sie sich ab und fiel wieder in einen traumlos, erlöschenden Schlaf.

„Komm, bambi", sagte Rosetta Masoni tonlos, „der Arzt hat ihr eine Beruhigungsspritze gegeben. Wenn sie ausgeschlafen hat, wird sie wieder ein vernünftiges Mädchen scin." ‚O dio , dachte Rosetta, ‚warum bringt Leid immer wieder Leid auf die Welt? Ist es nicht genug, ist es nicht endlich genug? Sie nahm das Mädchen Antonia in die Arme und heiße Tränen machten ihre müden Augen blind.

Das Leben geht unaufhaltsam weiter. So wie man ungefragt geboren wird, reihen sich die Tage aneinander. Es liegt an einem selbst, sie zu nutzen. Der Frühling der Sommer und der Herbst des Lebens gehen vorüber. Bis zu dem einen Tage des Frostes, an dem alles Leben von innen erstirbt. Die Vergänglichkeit schlechthin, die Auflösung. Alles endet im Staub, in Urmaterie. Für die Granulierung des Neubeginns. Wie sagten die Ägypter: ‚Man stirbt, weil der Körper das Leben nicht mehr tragen kann. Wie wahr, verständlich und tröstlich.

Irena ging in ihrem Zimmer auf und ab. Manchmal saß sie am Fenster mit der Katze Stelina im Arm und fand Hoffnung im Herzen, dass Antonia kommen würde, doch sie kam nicht. Rosetta Masoni war so ernst und verschlossen. Irena wagte nicht, sie anzusprechen, und so blieb sie außer bei den Mahlzeiten allein.

Die Sirene war tot. Zerbrochen wie ein Spielzeug. Zerstört wie eine Gliederpuppe, die man nicht mehr mag, der man überdrüssig ist.

War es eine Tat des Hasses, der Verachtung oder der Verzweiflung? Eine Tat in schwärzester Nacht oder in Umnachtung? Irena wusste nichts. Sie konnte keine Erklärung für diese sinnlose Tat finden. Mit zitterndem Herzen dachte sie an Romano, an das Aufflammen seines Gesichtes zwischen den Stämmen der Zypressen. Wie die Szene des Balletts von Orpheus und Eurydike in der Unterwelt: Die tote Eurydike auf dem Grund der dunklen Erde des Hades. Das vom Leben aufgepeitschte, erregte Gesicht Orpheus wie ein heller, lodernder Fleck des Lichtes.

‚O madonna mia, Romano, was hast du uns allen angetan? Wie war es möglich, dass deine Leidenschaft so zügellos wurde und nur diesen einen Ausweg fand? Hast du nicht an deine Mutter Josefa, deine Schwester Antonia und vielleicht auch an mich gedacht? Wir, die wir die Trauernden hinter deiner Person sind. Die Menschen, denen du etwas bedeutest, die du mit deiner Tat am schlimmsten getroffen hast. Sie streichelte die Katze Stelina und das Herz wurde ihr schwer.

Zwei Tage später kam der Ortspolizist Moroni mit einer Vorladung für Irena. Signora Rosetta stand schweigend in der Haustür, als Irena hinter dem Polizisten die Treppe herunterkam. Die kleine Frau nahm Irena in die Arme und flüsterte: „Fortuna, Contessa, madonna mia, Gott schütze dich."

Das kleine Büro der Polizeistation war eng und heiß. Der Polizist Moroni lehnte an seinem Schreibtisch und zerrte nervös an seinem Kragen, der ihn bei der Hitze beengte. „Sie kannten also Signora di Sorentini?" Er wischte sich mit einem weißen Taschentuch den Schweiß vom Nacken. „Kaum", sagte Irena leise, „ich habe sie vielleicht zwei- bis dreimal flüchtig gesehen." Irena lehnte den Kopf an die Wand und sah auf die Straße hinaus. „Signora di Sorentini machte aber bei verschiedenen Leuten bissige Bemerkungen über sie." „Was kann ich dafür, dass die Signora so bissig veranlagt war?" „Ich glaube ihnen nicht", Moroni schob die schwere Kinnlade vor. „Sie haben bis heute durch simulierte Krankheit versucht, sich diesem Verhör zu entziehen. Das macht nicht den besten Eindruck auf mich." „Ich habe nicht simuliert." Irena schlug die Augen nieder. „Sie waren während oder unmittelbar nach der Tat keine fünf Meter vom Tatort entfernt. Ihre Fußabdrücke waren tief und deutlich sichtbar. Nadeln und Erdreste vom Tatort fand man an ihren Schuhen. Mein Gott, seien Sie nicht so stur und reden Sie." Er schlug mit der flachen Hand auf den Schreibtisch. „Ein Mensch ist ermordet worden. Eine junge, schöne Frau wurde mit grausigen Messerstichen um ihr Leben gebracht. Ein Haftbefehl liegt gegen Sie vor, eine Akte mit stark belastenden Indizien und sie tun gerade so, als ginge sie das gar nichts an." Aufgebracht zerrte Moroni wieder an seinem Kragen.

Dass es noch andere Spuren gab, behielt er vorerst für sich. Irena schloss die Augen. Moroni holt hörbar Luft. „Also, was haben Sie um diese Uhrzeit dort oben gemacht? Sie müssen doch schon vor dem Gewitter draußen gewesen sein." „Es war heiß und schwül, ich brauchte einfach frische Luft." „Das hätten Sie auch vor der Tür haben können."

Wütend ging er auf und ab, er war ein einfacher Polizist und nicht kriminalistisch ausgebildet. Er wusste mit den wortkargen und nichts sagenden Antworten Irenas nichts anzufangen. Wie sollte er, Moroni, da ein Protokoll aufsetzen, welches zur Lösung des Falles beitrug? Ärgerlich jagte er eine Fliege von der Stirn, die ihm mit ihrem Gesumme schon die ganze Zeit auf die Nerven ging. Er setzte sich an seinen Schreibtisch und betrachtete die junge Frau vor ihm. Irena saß immer noch mit geschlossenen Augen an die Wand gelehnt.

Moroni konnte sich nicht vorstellen, dass diese blasse, junge Frau mit dem kupfernen Haar und den weiten, grünen Augen eine Mörderin war. Er sah die bläulichen Schatten unter den geschlossenen Augen, die aus der Tiefe ihres Wesens zu kommen schienen und durch die porzellanfarbene Haut schimmerten, die kleinen, scharfen Falten um den jungen Mund. Plötzlich wusste er, dass ein nachtfarbener Hauch über sie hinweggestrichen war, dass sie gelitten hatte, dass sie noch litt.

LACRIMA ROMANA

Die Tränen der ungestillten, sehnsuchtsvollen Wünsche. Schwitzend zerrte er an seinem Kragen. ,Wenn ich nur ein Motiv in dieser ganzen furchtbaren Angelegenheit entdecken könnte. Ein Motiv, das man verstehen und beurteilen könnte. Aber dies war alles so verwirrend und wurde so persönlich. Er fühlte sich kaum noch im Stande, den Fall weiter zu bearbeiten. „Sie kennen Romano Seravino?", fragte er in die Hitze hinein. Die Augenlieder der jungen Frau flatterten zögernd, dann gaben sie den Blick der grünen Augen wieder frei. „Ja", sagte Irena langsam, „ein Maler und Hersteller von irgendwelchen Keramiken hier aus San Felice. Ich bin mit seiner kleinen Schwester Antonia und seiner Mutter Signora Seravino befreundet." „Es war ihnen bekannt, dass Romano und Signora di Sorentini, sagen wir mal, eng befreundet waren?" „Ja", die Lider schlossen sich wieder über den grünen Augen. Der schmale, kupferfarbene Kopf sank wieder gegen die Wand.

,Gibt es etwas hinter dieser weißen Stirn, welches sich lohnt, an das Tageslicht zu holen, einen Punkt oder Anhaltspunkt? Mutmaßungen und Verdachtsmomente gab es viele. Die Mailänder Signora war kein unbeschriebenes Blatt und eine Meisterin darin, Intrigen und Leidenschaften zu entfachen. Wie groß oder wie klein war der Kreis der verdächtigen Personen um diesen mysteriösen Mord? Wer hatte für diese Tat ein Motiv? Oder wie viele Personen hatten zu diesen Mord einen schwer wiegenden Grund? Wer stand dieser Signora gleichzeitig so nahe, um ihr unter nächtlichen Bäumen mit wenigen Messerstichen gezielt den Tod zu geben, ihr keine Chance zum Leben zu lassen.

So eine Tat in der berauschenden, atmungsnahen Wärme ihres Körpers konnte nur aus abgrundtiefem Hass erwachsen, dem andere Gefühle vorangegangen waren. Denn Hass ist die tödliche Schwester der Liebe. In der Kälte des Hasses geschah dieser Todesstoß, der alle erstarren ließ. Das fühlte Moroni genau. Aber wer hatte Gründe für diesen Ausbruch der Schwärze, für diesen Exzess der Vernichtung?

Romano Seravino? Der wilde Romano – Moroni hatte die Schulbank mit ihm gedrückt. Geprügelt hatte er sich mit ihm, erst um die Murmeln, die klickend über die bucklige Straße schossen, später um die dunkeläugige Marietta, die dann den fetten, alten Stefano geheiratet hatte. Auf ihrer Hochzeit hatte er mit Romano auf ihre Freundschaft getrunken. Und jetzt? Der Kampf ging weiter. Aber dies war kein Kampf unter Männern, unter Freunden. Dies war ein undurchsichtiger, böser Kampf, ohne Fairness, ohne Freude. Kein Kampf für Helden, die sie einmal als ganz junge Männer waren.

Was hatte Romano dazu bewogen, sich diese Mailänderin als Gefährtin zu nehmen. Eine Frau, die seit Jahren getrennt von ihrem Mann lebte und ein wildes Leben führte. Die Intrigen wie ein Würfelspiel oder Poker spielte. In deren Leben es so viele dunkle Punkte gab. Eine Frau, die ihre Mentalität aus dem späten Mittelalter bezog: die Mentalität einer viel begehrten, schönen Adeligen, für die die Frage um Sein oder Nichtsein ein Spiel mit der Macht über andere war. Die mit den Schicksalen der anderen gefühllos umging, jeden Zug nutzend, nur um zu siegen, um Herrscherin über alle zu sein. Wie Julius Cäsar das Daumenzeichen nach unten als Tätigkeit und Machtausübung eines Herrschers über andere betrachtete. Moroni verglich die beiden Frauen: auf der einen Seite Irena, diese junge Frau, blass und mit geschlossenen Augen, die vor ihm saß, auf der anderen Seite die Mailänderin, eine schöne, schillernde Frau, deren Kälte Betören auslöste und deren Umarmung in süchtiges Nichts, in das Bodenlose führte.

Wie kamen Romano und diese blasse, junge Frau vor ihm so unmittelbar zur Tatzeit an den gleichen Ort, zu dieser Zeit und bei dem Wetter. War er mit beiden Frauen verabredet gewesen? Suchte er eine Aussprache? Oder war er nur mit einer verabredet und die andere war eifersüchtig gefolgt? Konnte Romano die Mailänderin nicht loswerden und gab es keinen anderen Ausweg für ihn wie ihren Tod? Oder war alles aus der Sekunde heraus eskaliert? Das konnte er sich nicht vorstellen. Romano war gewiss eigenwillig, in vielen Dingen, aber er war auch ein richtiger Mann. Er kämpfte mit offenem Visier, im Leben und in der Liebe, und er zeigte, was er wollte. Sein Banner trug immer seine Farbe und nur seine Farbe.

Moroni hatte sich bei der Kripo in Mailand über die Familienverhältnisse und den Gesellschaftskreis der Signora di Sorentini erkundigt. Die Kollegen waren sehr zugeknöpft gewesen. Der Conte di Sorentini war ein sehr bekannter Mann, aus altem Mailänder Adel. Die Signora war seine zweite Ehefrau und wie es nun aussah, nicht seine letzte. Seit Jahren ging jeder der Ehepartner seiner Wege, da die Signora es einfach an geschmackvoller Würde der Gesellschaft dem Conte gegenüber fehlen ließ. Sicher bekam sie eine hohe Apanage von ihrem Ehemann, um außerhalb ihre heißen Spiele spielen zu können. Da konnte man sicher Motive zum Abwinken finden. Moroni kam es vor, als hätte man ihn in eine Richtung gewiesen, auf eine Fährte gesetzt, die in einer Sandwüste endete, in der der Wind alle Spuren verwehte. Müde stand er vom Schreibtisch auf und wandte sich Irena zu: „Gehen Sie nach Hause, Signora Martens. Wenn ich Sie zu weiteren Aussagen brauche, lasse ich Sie holen." Er sah ihr durch das Fenster hindurch nach, wie sie in der Hitze des Tages die Straße entlangging. Schön, wohlgestaltet und grazil. Obwohl sie fast nur geschwiegen hatte, hatte ihre bemerkenswerte Ausstrahlung ihn berührt. Moroni fragte sich, wie es möglich war, dass Romano Seravino diese junge Frau völlig übersehen hatte und sich stattdessen mit der exzentrischen Mailänderin die Zeit vertrieb. Oder irrte er sich, hatte er, Moroni, bei Romano etwas übersehen? Gedankenverloren blieb er am Schreibtisch sitzen.

Es war früh morgens und Irena brachte die Kaffeemaschine in der Trattoria in Gang. „Contessa", rief Signora Rosetta aus der Küche, „zwei Café latte und ich bringe die frischen Hörnchen aus der Küche zum Frühstücken, so beginnt ein guter Tag." Irena liebte diese vom Leben gezeichnete Frau, die mit ruhiger Hand und verhangenen Augen ihren Weg ging, von der so viel Güte und Innigkeit kam. Sie tranken gemeinsam ihren Café latte und sahen hinaus auf die holprige Straße. ‚Die Morgen sind so schön hier‘, dachte Irena. Der Herbst hatte die Schatten länger werden lassen und am Morgen war es jetzt frisch, mit einem silbrigen Feuchtigkeitsschimmer in der Luft. Es roch nach Holzfeuer und nach Traubenernte. ‚Ah, il autunno! Der Mais, il granoturco, war reif und die Erde hatte sich mit dem prallen, leuchtenden und vielfältigen Kleid der Früchte des Herbstes geschmückt.

Irena saß ganz still und sah in die Sonne. Sie fühlte wieder die Gedanken aufsteigen, vor denen sie so gerne geflohen wäre. In dieser wunderbaren Umgebung, in diesem Land, welches das ihre war, mit diesen Menschen, die sie angefangen hatte zu lieben und die sie wiederliebten. Warum musste nach Renés Tod nun der Tod der Sirene so nahe an sie herantreten, dass sie ihn wie Kälteschuppen auf der Haut spürte? Eine Frau, zu der sie keine Verbindung hatte, die ihr noch nicht einmal sympathisch war. War sie als Lebende schon etwas lasziv Bedrohliches für viele Menschen gewesen, so war sie im Tode wie ein Schatten, der die dunklen Ecken aufsuchte, um zu lauern. Böses hatte sich fortgepflanzt – wie mit langen Tentakeln im Erdreich –, kam an anderen Stellen wieder zutage.

Wie war sie da hineingeraten? Hatte Romano getötet? O Madonna mia, stehe ihm und mir bei. Für Sekunden lag die Vision einer abgerissenen Rose auf dem weißen Tischtuch vor ihr in der Sonne und hinterließ einen brennenden Schatten, dessen Glut bis in ihr Herz reichte.

Als sie aufsah, stand eine Gestalt vor ihr, die sie aus ihren düsteren Gedanken befreite. Es war Mike, Irena konnte es kaum fassen. Er nahm sie in die Arme und bedeckte ihr Gesicht mit tausend Küssen. „Oh Mike", murmelte Irena, „bist du bei der Feuerwehr? Du kommst immer, wenn es lichterloh brennt." Er sah sie lachend an. „Das ist mein Beruf. Weinst du? Du bist ein leicht brennbares Material, auf das man höllisch aufpassen muss. Gestern morgen zwischen Frankfurt und München konnte ich plötzlich nicht schnell genug zu dem alten Salvatore kommen. Ich hatte schon so lange versprochen, dich zu besuchen. Salvatore war noch dazu, wegen deiner Situation hier, so niedergeschlagen, dass ich mir am liebsten eine Cessna gechartert hätte und selbst über die Alpen zu dir geflogen wäre. Vorsicht, carina, mein Bart ist nicht mehr der Jüngste."

Signora Rosetta strahlte, als Irena Mike bei der Hand fasste und zu ihr ging. „Das ist Mike, Rosetta, von dem ich dir erzählt habe. Er ist so etwas wie mein seelischer Wachhund. Dio buono, bin ich froh, dass er da ist." Rosetta machte Kaffee mit Grappa und Irena deckte einen Tisch draußen auf der buckligen Straße in der Sonne. Sie setzten sich gemeinsam hinaus, drei Menschen, die sich von Herzen gefielen und die sich viel zu erzählen hatten.

Die Tage, die Mike in San Felice weilte, vergingen wie im Flug. Irena fuhr mit ihm die alte Schotterstraße in der Höhe über der Gardesana-Tunnelgruppe und dem See hinauf. Der Wind hier oben brachte den Duft des Landes und des Sees herauf und erinnerte Irena an Anacapri. Sie hatte immer noch die Unterlagen des Peruaners. Das Versprechen Renés, sie zurück nach Anacapri zu bringen, war noch nicht eingelöst.

Sie sprach mit Mike darüber, als sie in einer Osteria unter einer Esskastanie im Wind saßen mit Blick auf den mächtigen Torso des Monte

Baldo auf der anderen Seite des Sees. Die Luft hier oben, abseits der Schotterstraße, war klar und zittrig durchsichtig. Bewegt wie nicht sichtbares Wasser, welches die Gerüche zu Düften werden ließ. In seinen ausgewogenen Schwingungen, Wellenlinien, Mitteilsamkeiten. Es gab große Ravioli mit Kürbis und Marzipan gefüllt und anschließend ‚lo spiedo‚ ein Spieß mit Hähnchenstücken, Kotelettstücken und jeweils einer halben Kartoffel und einem Salbeiblatt dazwischen. Der Spieß wurde 3–4 Stunden im Grill gedreht und immer wieder mit der aufgefangenen Butter übergossen. Eine Spezialität des Gardasees. Dazu als Beilage Polenta, warmes Hefebrot und als Gemüse gegrillten Paprika. Dazu einen dunklen Merlot. Mike war wie verzaubert. „Hier riecht man das Land", sagte er, „es teilen sich alle Elemente mit, aus der Gegenwart und aus der Vergangenheit. Mit dem weiten Blick über den See und die Berge. Man weiß einfach, dieser Boden ist prähistorisch, hier hat Frühbesiedelung stattgefunden. Hier ritt der Waffenmeister Hildebrand vor über tausend Jahren alt und gebeugt durch die Berge. Über den Brennerpass aus der Stadt Wien kommend heimwärts, nach Garda am See. Sein Herr, Dietrich von Bern, damaliger verbannter Fürst des heutigen Verona war für Etzel den Hunnenkönig als Lehnsfürst gefallen. Etzels Söhne und die Nibelungen waren tot und Etzel war alt geworden. Eine Legende ging auf diesem Boden zu Ende." Er hob das Weinglas und sah Irena in die Augen.

„Ja, du solltest die Unterlagen des Peruaners Amadeo nach Anacapri zurückbringen, wenn sich niemand dafür interessiert. Vielleicht erfüllt sich mit der Rückkehr dieses Materienrätsels nach Peru auch eine Legende. Könntest du bis zum Frühjahr damit warten? Ich würde dich gerne begleiten." Sein Blick war allumfassend. Da wusste Irena, Mike würde ihr immer angehören. „Ja", sagte sie mit frohen, glänzenden Augen.

Abends gingen sie oft in elegante Speiselokale nach Gardone Riviera oder südlich am See nach Moniga, Desenzano oder Sirmione.

Nirgendwo gibt es so einen reichhaltigen, festlich gedeckten Tisch wie im herbstlichen Italien. Mit Freuden zeigen die Italiener ihren Gästen, wie reich ihre Erde und ihre Küste ist. Italien ist über 2000 km bis vor den afrikanischen Erdteil lang. Seine Küste am Meeressaum zählt somit über 4000 km. Kein anderes mediterranes Land kann das vorweisen. So kann man gelassen von köstlichen Dingen reden, die in einer unglaublichen Fülle vorhanden sind.

Vom Wein wollen wir nur wenige nennen wie den schwarzen Merlot, den Clinto, den Bardolino, den Capsularossa, alle Sorten Chianti bis zum Rosato. Dann Prosecco, Spumante, Lambrusco bis Fragolino, der weltbekannte Tauwein Malvasia aus Sizilien, den die Griechen schon zu ihren Olympiaden tranken. Die Fülle der Liköre und Amaros nicht zu vergessen, die für den Magen bestimmt sind.

Zu essen gibt es Frutti di mare wie Scampi, über 20 verschiedene Muschelsorten, Calamari, Sepia, Seeteufel, Aal, Barsch, Krebs, Thunfisch usw. bis hin zu den silbernen Süß- und Salzwassersardinen, der Seeforelle, der Trota salmonide, einer Lachsforelle besonderer Art.

Hühnchen, Tauben, Rebhühner, Truthähne, Enten und Gänse vom Grill. Hase in Rotwein und eingelegter Eselsbraten, den jeder zu schätzen weiß, wenn er ihn mal probiert hat.

Kalbsrollbraten mit Rosmarin, Rinderbrust mit Nelke im Sud, dünne Steaks, Ossobuco, Beinscheiben mit erntefrischen Tomaten, Rosmarin, schwarzem Pfeffer, Knoblauch und Salz aus dem Backofen. Trippa in Rahm und Petersilie.

Costaletten, Rippchen, Leber und Salsicce vom Grill. Zartrosa Prosciutto, gereifter Speck tirolese, Schinken aus Parma, Pancetta. Mortadella, luftgetrocknete Salami, Salami milanese usw.

Wo bleibt die Vielzahl der Käsesorten, die weltberühmt sind und die jetzt ihre Reifezeit am kühlen Ort erreicht hatten und mit Wonne genossen werden wollten?

Wo sind die köstlichen Pilze aus den Gebirgswäldern, die mit Olivenöl, Petersilie, Knoblauch, Pfeffer, Salz in ihrem Pilzhut auf dem Grill garen?

Wo sind die vielen Gemüse und Salate, die die Italiener aus würzigen Kräutern seit Jahrhunderten kultivieren und ziehen? Il granoturco, der Mais, sowie Gries und Hirse, die sie liebevoll als Fleischbeilage zubereiten.

Esskastanien, Pistazien, Mandeln, Nüsse, Oliven und die sizilianischen Kapern aus den eigenen Wäldern und Feldern. Reis für Risotto, Weizen und Mais für Polenta und Brot von den eigenen Feldern. Kirschen, Pfirsiche, Äpfel, Birnen, Pflaumen, Weintrauben, Melonen, Kürbisse, Apfelsinen, Zitronen, Pampelmusen usw. von den eigenen Plantagen.

Das köstliche Brot, das sie zu backen verstehen, und ihr fürstliches Speiseeis, welches eine Weile nach den Cäsaren den Sieg um die Welt antrat.

Und dann die Nudeln! Niemand kann so richtig sagen, wie viele Formen es gibt und wie viele Arten sie zuzubereiten. Das Herz und der Magen gehen einem auf. Man versteht, wenn die Italiener stolz sagen: la mia Italia – il giardino di Eden. Ja, wenn man in einer Osteria hoch oben in Sonne und Wind unter einer Esskastanie sitzt, den Blick auf die Weite des Lago di Garda und auf die Berge gerichtet, die Padrona der Osteria die frisch gemachten Ravioli, den Wein und das noch warme Brot auf den Tisch stellt, sagt einem der Duft des wilden Thymians von den Berghängen her, dass man im Garten Eden ist.

Mike blieb vierzehn Tage. Er war gebürtiger Engländer und zum ersten Mal in seinem Leben erlebte er, in aller Ruhe, diese voluminöse Art zu leben, zu speisen, zu genießen. Eingebunden und umgeben von Menschen, deren Zuneigung sich auf ihn richtete.

Romano war seit Wochen im Gefängnis und Mike hatte es fertig gebracht, Josefa Seravinos schmerzliches Schweigen aufzubrechen. Sie, die so stolz auf ihren erwachsenen und begabten Sohn war, hatte die Anklage wegen Mordes gegen ihn fast den Verstand gekostet.

Antonia erwartete sie am Eingang des wilden Gartens, ihre Augen glänzten vor Freude. Mike legte den Arm um sie und sie gingen gemeinsam durch den Garten, als wäre er schon immer hier gewesen. Irena folgte ihnen langsam. Traurig sah sie, dass die Zeit vergangen war, da sie so alt wie Antonia und Mike der große Zauberer ihres Lebens gewesen war.

Josefa Seravino erwartete sie auf der Terrasse. Wie immer war sie wunderschön. Den Schmerz, den sie um ihren Sohn Romano in sich trug, ließ ihre Person noch gefasster, noch klassischer erscheinen. Irena spürte, dass Mike und sie in ihren gemeinsamen Gesprächen grundlegende Entscheidungen getroffen hatten. So fand ihr Umgang miteinander in einer ruhigen Vertautheit statt. Sie waren sich nahe, auf eine ruhige, wissende Weise. Es wurde ein wundervoller und harmonischer Abend. Die Glücklichste von allen war Antonia. Sie wurde in wenigen Tagen zehn Jahre alt und Mike hatte versprochen, bis zu diesem Ehrentag zu bleiben.

Als Mike abgereist war, blieb sein Platz leer und stimmte die Zurück-
gebliebenen sehr wehmütig und nachdenklich. Besonders Signora Josefa
war an den Tagen nach seiner Abreise sehr still. Der goldene Oktober
kam mit Sonne und Nachtkühle, der November bescherte Schnee auf
dem Monte Baldo. Josefas Zuneigung zu Irena und Mike hatte das
Schweigen zwischen ihnen gebrochen. Romano saß immer noch in
Untersuchungshaft und niemand wusste, wie es für ihn ausgehen würde.
Der Polizist Moroni hatte Irena nochmals auf die Polizeiwache geladen.
Es war festgestellt worden, dass Irenas Fußspuren nur bis ca. fünf Meter
vor den Tatort führten, aber nicht mehr weiter gingen. Romano hatte den
Zypressengrund seitlich betreten und seine Fußspuren vermischten sich
mit anderen Spuren um den Tatort. Irena hatte ausgesagt, dass sie aufgrund des Schreis losgerannt war und also nach der Tat am Tatort an-
kam. Erst danach hatte sie in einem Wetterleuchten Romano gegen-
übergestanden. Wo er hergekommen war oder ob er schon vor ihr vor
Ort gewesen war, konnte sie nicht sagen. Bei seinem Anblick war sie
entsetzt geflohen.

An einem kalten Abend Ende November kam Antonia in die
Trattoria. Sie bat Irena mit zu ihrer Mutter zu kommen, es läge ein
wichtiger Bericht vor. Rosetta und Irena sahen sich an. „Geh nur, Contessa, die Zeit ist reif, dass die Dinge endlich gut werden", sagte lächelnd Signora Rosetta. Josefa Seravino hatte einen Bericht von Mike
vorliegen. Er hatte im Umfeld der Mailänderin recherchiert und heraus-
gefunden, dass der Conte di Sorentini ein sehr schwaches Alibi hatte.
Eine alte Hausdame, die ihr Gnadenbrot bei dem Conte erhielt, hatte
ausgesagt, der Conte hätte in der Tatnacht das Haus nicht verlassen. Josefa blickte Irena in die Augen und sie sah, dass sich die schönen
Mondaugen mit Tränen füllten. Josefa wurde klar, dass diese junge Frau
ihren Sohn liebte und dass sie seit der Mordnacht unter den schlimmsten
Zweifeln gelitten hatte. Sie, Josefa, aber war aus Sorge um ihren Sohn
blind gewesen, das zu erkennen.

Sie stand auf und nahm Irena in die Arme. „Irena, cara, scusami. Du warst immer die junge Frau, die ich mir im Geheimen für Romano gewünscht habe. Aber dann kam diese furchtbare Nacht und begrub alles unter sich und ich in meiner Sorge um Romano wusste nicht mehr, was ich denken oder tun sollte. So allein wie ich war, so ohne den Rat eines anderen Menschen, fiel mir auf, wie lange ich schon allein bin. Wir Frauen haben das Fundament der Viellebigkeit in uns und sind für die Einsamkeit am wenigsten geeignet. Wir können sie nur anders handhaben wie die Männer. Wir beziehen unsere Zärtlichkeit von allen Menschen, groß und klein, und so verlieren wir nicht so schnell die Nerven. Doch die Leere der Einsamkeit ist auch in uns. Dann schickte mir der Himmel Signore Mike. O Irena, er ist ein wunderbarer Mann. Ich wusste gar nicht mehr, wie es ist, wenn die Augen eines Mannes aufleuchten und wenn sie dann nachdenklich werden, weil er sieht, dass eine Frau verloren ist, wenn sie allein ist. Er hat mehr für mich getan, als ich je erhofft habe. Gott schütze ihn auf seinen Reisen um die Welt und ich hoffe, er kehrt eines Tages wieder." „Das wird er, Signora Josefa, er ist immer wiedergekehrt. In seinem ruhelosen Leben hat er hier bei uns ein Stück Frieden gefunden. Die Sehnsucht danach ist in seinem Herzen verblieben. Diese Sehnsucht wird ihn wiederbringen. Es ist nur eine Frage der Zeit." Die beiden Frauen saßen noch lange schweigend beieinander. Antonia wurde müde und ging maunzend mit der Katze Stelina unterm Arm zu Bett.

Josefa Seravino hatte nochmals Holz im Kamin nachgelegt. So knisterte und knackte das Holz in ihr nachdenkliches Schweigen hinein. „Ich weiß, dass Romano nicht getötet hat." Das Feuer loderte auf und knackte, wie wenn man Nüsse knackt. „Es ist nicht nur das Herz einer Mutter, die das glauben will. Es wird ein schwieriger Weg werden, das zu beweisen. Ich werde deine Hilfe dazu brauchen und deine jugendliche Kraft. Stehst du mir bei, Contessa rosa?" In Irenas grünen Augen leuchtete das Feuer und Tränen auf. „Ja", sagte Josefa langsam, „er hat es mir erzählt. Auch er liebt dich, das weiß ich, aber er ist ein stolzer Mann. In seiner jetzigen Situation wäre die Bestätigung für seine Zuneigung zu dir das Letzte, das ihm über die Lippen käme. Hab Geduld, Contessa, und hilf mir bei meinem schwierigen Weg. Unter dem Segen der Madonna werden wir alle am Ende am Tor unserer Wünsche sein."

Die Tage vergingen und es wurde Anfang Dezember. Die Schneehaube des Monte Baldo leuchtete über dem See und die Nächte brachten gefrorenen Raureif auf den Oleanderbüschen. Die Luft war klar und kalt und nur die Mittagssonne erwärmte den Saum des Sees. Es war die Zeit der Maronenverkäufer. Die Zeit der kleinen, eisernen Bulleröfen mit heißen Maroni und gerösteten Mandeln. Auf den leeren Promenaden standen sie von den Kindern umlagert.

> Es war die Zeit der Italiener unter sich.
> Die Zeit der Besinnlichkeit.
> Die Zeit der Familien und Freunde.

Die Luft war klar und frisch, die Sonne schien und man ging an seine Arbeit und die Kinder in die Schule. Die Katzen teilten sich eng aneinander gedrückt einen wärmenden Sonnenfleck auf den Gässchen. Im milden Mittagslicht hingen die Frauen still ihren Träumen nach. Es roch jetzt ganz anders als im Sommer. Der schwere, süße Duft der Blüten und Früchte war dem herben Duft des Holzfeuers gewichen, dem Duft nach gerösteten Maroni, nach wärmendem Essen und Kaffee. Man nahm vor dem Mittagessen einen Espresso mit Grappa, einen Aperitivo oder einen Amaro. Am Abend traf man sich in der Trattoria oder Bar um die Ecke, um den neuen Wein des Jahres zu probieren, zu speisen oder ein Schwätzchen mit Freunden zu halten. Es erschien Irena, als erholten sich all diese Menschen. Als schöpften sie neue Kraft in ihrem Sein, in ihrer Mentalität untereinander, in ihrer Bodenständigkeit. Um immer wieder

gute Italiener sein zu können und gewappnet zu sein für den Ansturm
des Tourismus des nächsten Jahres. Denn von April bis Oktober lebten
sie auf verschiedenen Ebenen, mit so vielen verschiedenen Nationen und
Mentalitäten, dass sie eine besinnliche Pause im eigenen Land brauchten. Die Italiener verstanden sehr wohl, dass alle ihre Gäste waren.
Selbst bei Missverständnissen behielten sie die Nerven und waren zuvor-
kommend. Nur für Protzereien mit Geld hatten sie kein Verständnis und
würden es auch nie verstehen. Sie empfanden es als persönliche Belei-
digung, einem erwachsenen Menschen Käuflichkeit zu unterstellen.
Solch dümmliche, unkultivierte Angeber zahlten für ihr Tun einen hohen
Preis, im wahrsten Sinne des Wortes.

Doch nun waren sie unter sich mit all ihren kleinen und großen
Nöten und genossen die Besinnlichkeit, die milde Wintersonne, das Ge-
deihen der Kinder und Enkelkinder.

Irena hatte sich vorgenommen, über die Weihnachtsfeiertage nach
München zu fahren. Antonia war traurig darüber, denn sie hätte Irena
gern als Gast ihrer Mutter zu den Feiertagen im Haus gesehen. Doch es
gab wichtige Gründe nach München zu fahren. Mike hatte weiter recherchiert und Josefa Seravino hatte den Pflichtverteidiger für Romano
durch einen Rechtsanwalt aus Brescia ablösen lassen. Irena war nochmals von Moroni verhört worden und auf ihre Fragen, wie die Sache um
Romano stand, war er sehr verschlossen gewesen. Doch sie hatte glaub-
haft schildern können, dass sie den Schrei unterhalb des Hügels gehört
hatte und dass Romano scheinbar nach ihr den Hügel heraufgekommen
war.

Mike hatte das Alibi des Conte di Sorentini endgültig widerlegt und
das Aufnahmeverfahren begann von neuem. Während Romano die drei
Monate in Bregenz gewesen war und in einer Ausstellung seine Bilder

verkauft hatte, hatten sich zwischen dem Ehepaar di Sorentini böse Szenen abgespielt. Der Conte war eifersüchtig, herrschsüchtig und zügellos wie seine Ehefrau auch. Eigentlich hätten sie im negativen Sinne ein vorzügliches Paar sein müssen. Doch der Sirene war etwas passiert, mit dem niemand gerechnet hatte, am wenigsten sie selbst. Sie hatte zum ersten Mal in ihrem Leben ihr Herz verloren. An einen Mann, der sie richtig einschätzte, der sie so kalt nahm, wie sie war: Romano!

Zwischen ihrer Hassverstrickung zu ihrem Ehemann und ihrer nicht realisierbaren Liebe zu Romano stand sie lichterloh in Flammen. Ihre Zügellosigkeit peitschte sie auf. Da Romano so unerreichbar für sie war, richtete sich ihre Aufgebrachtheit gegen die Menschen ihrer Umgebung. In Ihrer Maßlosigkeit betörte sie einen Bettknaben ihres Mannes, einen Gigolo aus der heißesten Szene. Es war ein Spiel mit dem weißen Schnee, der Sucht. Mit der Unberührbarkeit zweier Welten, zweier Sexualitäten. Einer Materie, in der die Träume wie Magma in unvorstellbarer Hitze in Rauch aufgehen. Eine perfekte Luziferisierung. Die Geburtsstunde der schwärzesten Fantasie ist der Hass. Grau melierte Luft, die den Lebensatem nimmt.

Die Festtage standen vor der Tür und Irena war erschöpft. Die Verhöre hatten von neuem begonnen und sie hatte noch nicht den Mut gefunden, Josefa Seravino bei ihrem wöchentlichen Besuch in das Untersuchungsgefängnis nach Brescia zu begleiten. Sie spürte, dass Romano nicht wollte, dass sie ihn gefangen sah. Er, der so gezielt und stark sein konnte, der den Dingen Form, Farbe und Leben geben konnte, war so verwundbar gemacht worden: seiner Freiheit beraubt, der Demütigkeit unterworfen.

Nein, so schmerzvoll es war, ihn nicht zu sehen, so schmerzvoll würde es auch sein, ihn so gefangen zu sehen. Es blieb ihr nur zu warten und zu hoffen.

Es war der 22. Dezember, ein klarer Tag. Irena hatte ihr Gepäck im Kofferraum des Sportwagens verstaut. Josefa Serafino hatte ihr am Abend zuvor eine schwere Akte für Salvatore Bonazzi mitgegeben. In Rechtsfragen war er ein alter Fuchs und vielleicht fiel seinem brillanten Verstand etwas ein, das helfen konnte. Mike hatte darauf bestanden. Irena wunderte sich überhaupt darüber, wie nahe Mike sein konnte, obwohl er in Australien war. Josefa hatte Irena schweigend umarmt. Sie standen am Gartentor in der Dunkelheit und die Luft roch nach Holzfeuer und Schnee. „Buon natale, Irena, e un felice anno nuovo." „Ihnen und Antonia auch, Josefa. Ein frohes Weihnachtsfest und einen glücklichen Jahresanfang. Vielleicht bin ich zwischen den Jahren schon wieder zurück." Josefa schwieg. Dann sagte sie vom Grunde ihres Herzens herauf schnell: „Umarmen Sie Signore Bonazzi von mir", und verschwand in der Nacht.

Signora Rosetta brachte einen Panettone hinaus an den Wagen. Sie legte ihn auf das Gepäck und sagte schmollend: „Dass du mir dem alten Salvatore ein rechtes Weihnachtsfest bereitest. Der Clinto ist im Koffer und der Panettone oben drauf." Irena lachte: „Rosetta mia, weißt du eigentlich, wie viele Weihnachtsfeste Salvatore und ich miteinander gefeiert haben? Es wird ihn allein schon glücklich machen, dass ich da bin. Vielleicht gelingt es mir, ihn dazu zu verführen, ein paar Tage mit hierher zu kommen." „O Contessa, Dino und ich würden uns nach so vielen Jahren sehr darüber freuen, ihn wieder zu sehen. Aspetta", rief sie, „das Wichtigste habe ich vergessen." Sie lief in die Trattoria und kam mit einer Schachtel zurück: „Darin sind die Briefe deines Vaters an deine Mutter. Ich habe sie viele Male gelesen und versucht zu verstehen. Für dich sind sie wichtig, aber nach so vielen vergangenen Jahren verlässt der Schmerz vielleicht auch Salvatores Herz." „Va bene", sagte Irena leise und nahm die Schachtel an sich. „Alle schönen Dinge und fortuna, bis ich zurück bin." Irena umarmte die kleine Frau, die ihr so viel von ihrem Herzen geschenkt hatte, und fuhr glücklich der Tunnelgruppe der Gardesana zu.

Durch die in Fels gehauenen Bogenöffnungen der Tunnelgruppe blitzte der See eisblau in der Morgensonne. Wie wenn jemand eine Jalousie rauf- und runterzieht, dunkel, hell, dunkel, hell. Riva lag mit seinen entlaubten Platanen wie blank geputzt im Sonnenschein. Im Hafenbecken um das Museum lagen die Boote vertäut. Irena fuhr die lange, steile Straße nach Rovereto hinauf. An der herabstürzenden Adige vorbei, dem Fluss, der den Gardasee speist. Weiter, weiter den schneebedeckten Dolomiten entgegen, dem Brennerpass.

Schon Hannibal der Karthager, der Feldherr, der braunhäutige Fürst mit seinen Sklaven aus Nubien, der wie kein anderer mit seinen Elefanten den Europäern Furcht einflößte, zog mit seinem letzten Elefanten über den Brennerpass, zurück aus den nordischen Alpen gen Süden, der Wärme seiner Heimat entgegen.

Als Irena den Pass überquert hatte und in das verschneite, weihnachtlich geschmückte Innsbruck hinunterfuhr, fiel alle Anspannung von ihr ab. Romanos schwierige Situation, die sie die ganze Zeit schweigend gefangen gehalten hatte, löste sich in den Lichterketten dieses Ortes auf. Die Natur hatte sich in ihr glitzerndes Festgewand gehüllt, in Milliarden Kristalle von Schnee. Die Einkaufsläden schillerten in allen Farben und so hielt Irena an, um Geschenke einzukaufen.

Sie fand einen handgeschnitzten Barockengel aus Lindenholz für Josefa und eine zierliche Spieldose für Antonia. In einem Buchladen fand sie beim Herumstöbern ,Die Anwendung des Rechts , ein Buch von 1872, das Salvatore sicher sehr gefallen würde. Für Rosetta und Dino fand sie zwei Mokkatassen von Rosenthal. Alles wurde liebevoll eingepackt. Wie eine Prinzessin mit strahlenden Augen trat sie auf die verschneite Straße. Nur für Mike hatte sie nichts gefunden. In Australien war es Sommer und sicher kochend heiß, so sandte sie tausend heiße Küsse und Gedanken für ihn in die winterlich glitzernde Gebirgsluft.

Trotz des Schnees fuhr sie die alte Gebirgsstraße nach München hinunter, die schon Goethe gefahren war. Sie genoss die abendliche Stimmung, die durch die untergehende Wintersonne über den Bergen lag. Eine dichte Schneedecke wärmte die Erde. Das Purpur und Orange des Sonnenuntergangs sprang wie ein Diamantleuchtfeuer auf den höchsten Spitzen der Tannen entlang. Dann fiel das Grau der Dämmerung aus dem heraufsteigenden Nachthimmel und die Farben der Landschaft erlöschten wie wehender Rauch. So fuhr Irena in die Dunkelheit hinein. Die Wälle aus Schnee, die der Schneepflug rechts und links der Straße aufgetürmt hatte, wirkten wie eine nächtliche Bobbahn, wie ein Nachtvergnügen mit gruseligem Ausgang.

Salvatores Haus lag still im nächtlichen Garten. Er hatte im Turmzimmer auf Irena gewartet und sie schlossen sich schweigend und glücklich in die Arme. Der Dackel Signore Poco saß mit einer entzündeten Pfote in seinem Korb und genoss die Liebkosungen Irenas.

Salvatore Bonazzi öffnete in der Küche den Clinto und schob eine Pizza Margarita in den Ofen, wie nur er sie machen konnte. Irena deckte den Tisch in dem Erker über der verschneiten Stadt und der Duft aus dem Backofen ließ die Heilige Nacht ganz nahe sein.

Der Wein im Glas war schwarz wie Tinte und die Pizza duftete. Lange saßen sie schweigend nach dem Essen und hingen ihren Gedanken nach. Salvatore brach das Schweigen. „Ich habe mich mit deiner Schwiegermutter auseinander gesetzt. War nicht einfach, aber die Vernunft hat dann doch noch bei ihr gesiegt. Ich habe das von dir fern

gehalten, um dir eine Chance zu geben. Du warst so verwundet, so kraft-los, dich zu wehren. Ich hielt es für richtig, das alles mit ihr allein auszu-handeln." „Du weißt, dass mein einziger Wunsch René war, und nun, da das Leben seine Weichen gestellt hat und er nie mehr wiederkehrt, kann ich nur schweigend davongehen. Aber wie ich dich kenne", sagte Irena lächelnd, „hast du sie ganz schön in den Clinch genommen." Er lachte still in sich hinein. „Und wie", seine Augen glänzten. „Es war eine Freude, ihr eine Lektion zu erteilen. Von einem älteren Herrn einen Vortrag über die zärtliche Innigkeit zweier junger Menschen zu hören und dafür noch einen guten Batzen Geld hinzulegen, über das sie keiner-lei Verfügung mehr hat, so etwas wird sie wohl nie wieder zulassen. Aber so verhärtet und borniert sie ist, hat sie doch genug Verstand, um sich zu arrangieren. Schließlich hat ihr das Schicksal alles genommen und nichts wird für sie wiederkehren.

Sie hat dir eine Art Rente aus dem Familienvermögen ausgesetzt, lebenslang. Du musst nicht unbedingt arbeiten gehen, um zu leben. Ich habe dir ein Konto auf einer Münchner Bank eingerichtet, auf das sie die Beträge monatlich überweist. Du kannst dein Geld per Scheck überall abheben, wo du gerade bist. So ist eine Konfrontation zwischen euch beiden kaum gegeben, va bene così?" Still sah er vor sich hin.

„O dio buono, wie hast du das fertig gebracht? Das ist ein Weih-nachtsgeschenk, für das ich meinen Stolz gerne eine Weile beiseite lege und dankend annehme. Die Tatsache, dass du das erkämpft hast, wird es wohl rechtfertigen." Salvatore nahm über den Tisch ihre beiden Hände in die seinen. „So gefällst du mir. Jetzt bist du wieder eine junge Frau, die vorwärts will. Die den Blick in die Zukunft gerichtet hat. Die den Duft des Lebens wittert, der so berauschend sein kann." „Der Duft der Akazienblüte", sagte Irena leise. Salvatore sah sie lange an. „Das war der Duft deiner Mutter, Contessa. Manchmal denke ich, er streift an mir vorüber, doch wenn ich still stehe und die Augen schließe, um den Duft zu fühlen, verweht ihn die Zeit. Es ist die ungestillte Sehnsucht, die diese Visionen trägt. Wenn im Frühjahr die Akazien blühen, wenn diese Nomadin aus dem fernen Afrika ihren süßen, berauschenden Blütenduft dem Wind übergibt wie die wehenden Schleier einer Tuaregfürstin, möchte ich ins Nirgendwo fliehen. Noch immer ist das so schmerzvoll."

Der 23. Dezember war grau und föhnig. Irena hatte Salvatore die Schachtel mit den Briefen ihres Vaters hingestellt. „Rosetta hat sie aufgehoben. Ich glaube, in ihnen ist vieles hinterlassen, was nur für uns beide bestimmt ist. Elisabetha und er können sich nur noch so mitteilen. Ich möchte, dass du sie zuerst liest, denn du hast seine Aufgabe übernommen, die ihm nicht mehr möglich war. Ich denke mir, er ist in deiner Schuld, wenn es in dieser Form überhaupt eine Schuld gibt. Ich denke mir auch, dass er von dir gewusst hat. Elisabetha hat dich sicher nicht verschwiegen. Es waren extreme Zeiten, niemand wusste, was die nächste Stunde bringen würde. Wenn mich in kriegslosen, in normalen Zeiten der Tod meines jungen Ehemannes so aus dem Gleichgewicht bringen kann, wie gleichgewichtslos wart ihr damals auf Monate, ja über Jahre hinaus. Das Jungsein, die Existenzfrage muss eine tägliche Farce im Angesicht des Krieges für euch gewesen sein." Sie lächelte ihm zu und ging.

Irena fuhr in die Innenstadt von München. Der Föhn hatte die winterliche Pracht des Schnees zusammenschmelzen lassen und nun lag er in schmutzigen Haufen auf den Gehwegen. Der graue Himmel und die Schneeschmelze konnten Irena nicht die Weihnachtsstimmung verderben. Sie kaufte frohgemut für den heutigen Abend Gemüse für eine Minestrone, Kalbsbraten und Thunfisch für Vitello tonnato und Stangenweißbrot ein. Für den folgenden Tag, Heiligabend, kaufte sie ein Suppenhuhn, Suppengemüse, Kartoffeln, Reis und Semmelmehl. Für den Nachtisch Milch, Rahm, Gelatine, Vanilleschoten.

Als sie nach Hause kam, dunkelte es schon, obwohl es erst halb vier nachmittags war. Aber das war gerade recht so. Salvatore hatte den Kamin angemacht, über dem Tisch brannte die Leselampe und er saß und las. Er trug eine Hornbrille, die Irena zum ersten Mal an ihm sah. Ein Lächeln huschte über ihr Gesicht. Sie küsste ihn auf die Stirn und er nahm still ihre Hand, während er einen Brief in der anderen Hand hielt und weiterlas. Eine Weile stand sie so neben ihm in der heraufsteigenden Dämmerung, ihre Hand ruhig in seiner, er lesend im Kreis der Leselampe, das Knacken des Holzes im Kamin, der rote Feuerschein. Eine Stille, die bis ans Herz stieg. Erst da wanderten ihre Augen bis zum Hundekorb. Salvatores Händedruck wurde stärker: „Vor zwei Stunden hat sein Herz einfach aufgehört zu schlagen. Ich habe ihn im Arm gehabt. Er hat in seinem Korb geweint, so nahm ich ihn in die Arme. Da seufzte er und wurde still. Nach einer Weile schien er gewichtslos zu werden und da wusste ich, dass er für immer gegangen war. Erst danach konnte ich die Briefe deines Vaters in die Hand nehmen. So viele Jahre sind vergangen und in den Zeilen auf einem Stück Papier blühen die Sehnsüchte, die Wünsche und Sorgen eines Mannes auf, der nun schon so lange in fremder Erde liegt."

Irena schwieg, denn sie hatte Salvatore noch nie so beladen und gealtert gesehen. „Du hattest Recht, Contessa, er wusste von mir und er hat deine Mutter so endgültig geliebt wie ich. Ich denke mir, dass es nur diese Endgültigkeit gab bei ihr, wenn man sie erreichen, wenn man sie überzeugen wollte zu bleiben. Oder sie zog weiter wie der Duft der Akazien mit dem Wind. Das war ihr Schicksal." Irena beugte sich zu ihm hinab. „Padre mio, der Tod des Hundes hat dir alle Verluste wieder nahe gebracht. Es ist gut, dass wir wenigstens so viele schöne Jahre mit Signore Poco hatten. Er konnte in deinen Armen sterben. Du warst sein großer Freund. Wenn der erste Schmerz vorüber ist, wird sicher irgendwo ein kleiner Signore Poco mit großen Augen und runden Pfoten zu finden sein. Meinst du nicht?" Was sollte sie sonst auf seinen Schmerz sagen?

„Die Briefe meines Vaters aber, eines dir und mir fremden Mannes, geben uns die Möglichkeit zu verstehen, dem bohrenden Schmerz, den bohrenden Fragen des Warum den Stachel zu nehmen. Hier teilt sich ein Mensch mit, der das Liebste zurück- und allein lassen musste, der wusste, dass neues Leben entsteht und seine Zeit nicht ausreichte, es zu erleben. Was für eine Lebensohnmacht! Wie schrecklich, wie grausam!

Caro mio Salvatore, ich werde jetzt in die Küche gehen und ein feines Abendessen zubereiten. Du wirst den Tisch fürstlich für vier Personen decken und dann legst du auf zwei Gedecke jeweils einen Brief von ... Wie heißt er eigentlich?" Salvatore lächelte: „Ennio." „Sehr schön", sagte Irena leise und verschwand in der Küche.

Den Kalbsbraten salzte sie, band Rosmarinzweige darum, briet ihn scharf an und garte ihn im Schnellkochtopf. Das Gemüse putzte sie und schnitt es klein. In einen Topf gab sie einen Teelöffel Butter, zwei Teelöffel Olivenöl und zerkleinerte Zwiebeln hinein, dünstete sie leicht glasig und gab dann das Gemüse dazu. Es musste zehn Minuten bei geschlossenem Deckel dämpfen und dann mit gewürzter Rindfleischbrühe oder Hühnerbrühe aufgegossen werden. Sie gab zwei Knoblauchzehen und wenig Pfeffer hinzu und ließ es weiterköcheln. Nach 20 Minuten nahm sie es vom Herd, pürierte alles und gab auf die sämige, heiße angerichtete Suppe ein wenig Petersilie und einen Teelöffel Rahm. In der Zwischenzeit hatte Irena den Kalbsbraten aus dem Schnellkochtopf genommen und zum Abkühlen vor das Küchenfenster gestellt. Mit der dampfenden Minestrone kam sie in das Kaminzimmer. Der Tisch war wirklich für vier Personen fürstlich gedeckt und bei Irenas Anblick machte Salvatore den Clinto auf. Der Wein glühte wie ein alter Rubin in allen vier Gläsern und zauberte mit seiner Glut längst vergangenes Leben an diesen Tisch. Wie Funkenkaskaden sprühten die Holzscheite im Kamin, die Minestrone mundete und ein einzelner Stern glühte über der winterlichen Stadt.

Das Glas Clinto war ausgetrunken, die Minestrone gegessen, Irena nahm die Teller und kehrte in die Küche zurück. Der Kalbsbraten war in der Zwischenzeit vor dem Küchenfenster ausgekühlt. So nahm sie die Rosmarinzweige und den Faden ab und schnitt das Fleisch in feine Scheiben, die sie auf einer Platte anrichtete. Dann pürierte sie den Thunfisch aus der Dose mit zwei Teelöffeln Kapern, zwei Esslöffeln Mayonnaise und zwei Esslöffeln dickem Rahm. Diese Soße goss sie über das Kalbfleisch, bis es bedeckt war. Als Beigabe hatte sie getrennt große wieße Bohnen und Fenchelherzen mit Olivenöl, Salz und Zitrone angemacht. Dazu gab es Stangenweißbrot. Als Nachtisch gab es Käse italiano.

Mit einem großen Tablett kehrte Irena in das Kaminzimmer zurück. Es entstand eine Atmosphäre wie in einem mitternächtlichen Bahnhofssaal. Nur der Bahnhofsvorsteher und ein einzelner Reisegast waren zu dieser Stunde anwesend. Der Nachtexpress rollte ein und nahm all die ungesagten Sehnsüchte der vielen Reisenden, die sich unter der Kuppel der Bahnhofshalle verfangen hatten, in letzter Sekunde schweigend mit in die Nacht hinaus. Lange saßen Irena und Salvatore noch im Erker an diesem Abend unter dem runden Kreis der Lampe. Sie schwiegen, denn all das, was auf sie eingewirkt hatte, was sie mit ihren Gefühlen zugelassen hatten, war zu viel, zu gewichtig. Es hatte eine Weite in anderen Sphären erreicht, sodass man es nicht mit abgrenzenden Worten gefangen nehmen konnte. Es wäre wie der aufsteigende Ikarus in der Sonne geschmolzen und auf die Erde gestürzt. So schwiegen sie in Zweisamkeit, zwei Menschen, die das Leben verkettet hatte, die die Liebe erfahren hatten und in ihrem Zwielicht von Kommen und Gehen gefangen waren.

Heiligabend war auf stille und entzückende Weise vorübergegangen. Von Signora Rosetta wusste Irena, dass Salvatores Lieblingsspeise mit Parmesan gefülltes gekochtes Huhn war. So machte sie sich an die Arbeit: Sie wusch das Huhn und rieb es mit Salz ein. Dann vermischte sie 500 g Parmesan, ein oder zwei Eier und Semmelmehl, gehackten Salbei und Rosmarin und füllte und verschloss das Huhn damit. Sie schnitt verschiedene Suppengemüse klein, gab sie in einen Topf, das Huhn dazu, und goss alles mit heißem Wasser auf, bis das Huhn bedeckt war. Auf mittlerer Hitze kochte das Ganze sprudelnd ca. ein bis eineinhalb Stunden. Dann nahm sie das Huhn heraus und stellte es warm. In einem Teil der Bouillon garte sie Suppennudeln (Ravioli gehen auch) und servierte sie als Vorspeise. Den Rest der Bouillon stellte sie zur Verwendung für ein anderes Gericht kalt. Zwischenzeitlich kochte sie gesalzene Kartoffeln und Reis gar. In einer vorgefetteten Form (oder in der Pfanne), in einem Gemisch zu je drei Teilen aus Butter, Olivenöl, Margarine (Sonnenblumenöl), mischte sie die geviertelten gekochten Kartoffeln und den Reis. Sie ließ sie im Backofen (oder in der Pfanne) sachte schmoren und goss sie zuletzt mit ein wenig Bouillon an und salzte leicht nach.

Das warm gehaltene Huhn schnitt sie auf, schnitt die Füllung in Scheiben und zerteilte das Huhn in Stücke. Als Beilage reichte sie die Reis-Kartoffelmischung und Salate.

Der Nachtisch war PANNA COTTA: Dafür brachte sie ½ l Milch mit einer Vanilleschote zum Kochen, rührte vier bis fünf Esslöffel Zucker und Rahm darunter und nahm das Ganze dann vom Feuer. Die Vanilleschote nahm sie heraus, mischte die eingeweichte Gelatine unter und füllte die Masse in Förmchen. Diese stellte sie eine Stunde (oder länger) kühl.

Salvatore war an diesem Abend der glücklichste Mann. Es war eine SantaNacht, wie er sie nicht mehr für möglich gehalten hatte. Am Nachmittag hatten sie Signore Poco unter der Rosenhecke begraben wie einen Indianer in seinem Jagdrevier. Nach seinem Lieblingsessen saß er mit Irena zusammen, dieser jungen Frau, die er hatte aufwachsen sehen, und fuhlte sich glücklich. Hinter ihr wurde immer mehr der Schatten Elisabethas sichtbar. Es sagte ihm einfach: Was möglich gewesen war, hatte er möglich gemacht. Sie war ein Teil Elisabethas, in ihr war Irena herangewachsen. Er hatte seinen Teil beigetragen, sie großgezogen, ohne Wenn und Aber. Es war die einzige Möglichkeit für Männer, um eine Art Dreifaltigkeit, Frau, Kind und Mann, zu einer liebenden Einheit zu verbinden. Liebe weiterzugeben. Der Liebe Unsterblichkeit sichtbar zu machen. So war er in einer Hochstimmung, die er in einem zitternden Lächeln um seinen männlichen Mund festzuhalten suchte. „Komm mit", sagte Irena weich. „In San Felice warten alle auf dich." Salvatore packte noch in der Nacht einen Koffer, um mit ihr nach Süden zufahren.

Das Wetter auf dem Brennerpass war ruppig, die Dolomiten verhangen und dicke Nebel lagerten in den Tälern. Als sie endlich von Rovereto herab Riva erreichten, kehrten sie in einem Ristorante ein. Salvatore Bonazzi schien um Jahre jünger. In seinen schwarzen Augen stand die vergnügliche Freude eines Mannes, der das Leben kennt und der seine Vergänglichkeit kennt. Mit einer jungen Frau an seiner Seite kehrte er in das Land seiner Väter, in das Land seiner Mentalität zurück Er genoss die Zweisamkeit mit Irena wie ein spätes Glück seiner verlorenen Liebe, da er wusste, dass sie ihm nur wenige Augenblicke ganz allein gehören würde und er sie dann wieder freigeben musste. Das Essen war vorzüglich. Es gab Lasagne al forno, Trota alla griglia, Seeforelle knusprig vom Grill, mit Mayonnaise, Salaten und Gemüse, dazu ein frisches, warmes Brot aus dem Pizzaofen und ein Bardolino aus dem Umland. Ein kalter

Wind trieb das trockene Laub vor der Glastüre des Ristorantes im Kreis und machte den Raum dahinter umso gemütlicher. Sie waren die einzigen Gäste in der frühen Dämmerung dieses Tages. In der festlichen Stimmung, in der sie waren, dinierten sie wie ein Fürst mit seiner Fürstin.

Als sie aufbrachen und unter der Burgruine in den Felsen über Riva in die Tunnelgruppe der Gardesana hineinfuhren, lagen diese aneinander gereiht wie Tropfsteinhöhlen in der Dunkelheit. Kein Auto begegnete ihnen. Verlassen reihten sich die Tunnel aneinander, wie bei einer Fahrt durch eine tiefe Klamm. Irena war froh, als sie die Serpentinen nach San Felice hinauffuhren.

Die Trattoria Signora Rosettas war zwischen den Jahren geschlossen. Doch Rosetta hatte sie erwartet. Sie schloss Salvatore und Irena glücklich in die Arme. Rosettas Mann Dino mischte sich selten in Frauenangelegenheiten ein. Jetzt aber stand er vor Salvatore und man sah, dass er diesen Freund seit langem vermisst hatte.

Sylvester wurde eine festliche Nacht. Rosetta hatte Josefa Seravino und Antonia zu diesem Neujahrsfest eingeladen. Irena überreichte die mitgebrachten Geschenke und war beglückt über die Freude, die sie auslösten. Salvatore Bonazzi sprach lange mit Josefa. Rosetta schnitt den Panettone an, stellte Schälchen mit Marsala auf den Tisch. Für Antonia hatte sie Cassata mit Amarenasaft und Marsala zu einem Zauberbecher zusammengefügt, da sie wusste, dass die Kleine Eis über alles liebte. So waren sie alle glücklich. Später holten sie die Karten herbei, um glücksspielend das neue Jahr zu begrüßen. Für die Erwachsenen war das Kartenspiel eine Unterhaltung oder eine Art, die Zeit totzuschlagen. Für Antonia aber war es ein Sport, bei dem sie die Erwachsenen besiegen konnte. So erhielt sie die meisten Punkte und man ließ sie glücklich

gewähren. Zu guter Letzt klingelte spät am Abend das Telefon. Es war Mike. Er saß allein in Tokio und wäre so gerne in San Felice gewesen. Er wünschte allen ein gutes Neujahrsfest. Als er zuletzt mit Josefa sprach, konnte man ihr hoffnungsfrohes Gesicht nicht übersehen.

Das klare Wetter mit kalten Nächten und frischen Morgen im Sonnenlicht brachte den Menschen eine stille Gelassenheit des Herzens, die wohltuend war. Sie ließ sie die Eingebundenheit in diese Landschaft fühlen, hier war der Boden ihrer Väter. Die Tage vergingen wie im Fluge. Salvatore war mit Dino oder Irena unterwegs. Der See lag still wie eine Metallfläche, wenn der Morgendunst der Wärme der Sonne wich. Selbst die felsigen Berge, die sich aus dem Flachland am Saum des Sees hinauf nach Riva immer mehr aufeinander türmten, selbst sie schienen ihre Grate der wärmenden Sonne entgegenzustrecken – wie von der ewigen Zeit verkrustete, versteinerte Drachen, in denen doch ganz in der Tiefe noch Leben ist.

Am heiligen Dreikönigstag saßen alle bei Josefa Seravino zu Mittag in dem großen, schönen Raum des alten Hauses. Es gab Farfalle in brodo, Bouillon mit Falternudeln aus Entenklein gekocht, einen dunklen Merlot aus dem Veneto, Ente mit wenig Knoblauch, Salz und Salbei, knusprig im Ofen gebacken, Backkartoffeln, Mangold und Fenchelgemüse sowie frisches Weißbrot. Als Nachtisch gab es Käse der Region, Zitronensorbet mit Früchten und als Abschluss einen guten Mokka.

Es gibt kein besseres Rezept auf Erden, den Menschen friedlich und gut gelaunt zu stimmen, als eine Einladung zu einem fürstlichen Essen im Kreise der Menschen, die für ihn wichtig sind. Die Italiener beherrschen das perfekt, aus ganz einfachen, bodenständigen Zutaten. So sind auch Köchinnen und Köche in Wirklichkeit die besten Diplomaten, die perfekten Zauberkünstler und eine Art hochgradig gestresster Engelbengel im Weltgefüge.

Dieses wundervolle Essen gab Salvatore Bonazzi nochmals Gelegenheit, in Ruhe mit Josefa zureden. Die Sorge um Romano verschloss ihr schönes Gesicht. Salvatore hatte einiges aus den Rechtsunterlagen Romanos nach alten italienischen Rechten herausgearbeitet und für den Rechtsanwalt in Brescia fertig gestellt. Er konnte es ihr so erklären, dass wieder ein Hoffnungsschimmer in ihren schwarzen Augen aufflammte. Danach beantwortete er ihre Fragen, was für ein Mann Mike war, woher er kam und was für eine Aufgabe er in seinem Beruf hatte. Irena, die auf der anderen Seite des Tisches saß, wurde von Dino in Anspruch genommen. Von Rosetta wusste er, wie sehr Irena gelitten hatte. So hatte er sehr klug angefangen zu erzählen von der Zeit, als sie alle 20 Jahre jünger gewesen waren: Irenas Fortgang mit Salvatore; die Nachbarskinder, die sie vermissten; besonders ein Junge, wild und unbändig, aber mit Irena konnte er Geduld aufbringen, obwohl sie viel jünger war als er. Wenn er ihr etwas erklärte, wurden seine braunen Augen nachdenklich. „Lebt er noch hier?", fragte Irena. „Ja", sagte Dino, „du kennst ihn." Irenas grüne Augen sahen zu Josefa hinüber. Über den Tisch hinweg trafen sich die Blicke der beiden Frauen. „Romano", sagte sie fassungslos. „Fühlte ich es doch, irgendwie habe ich gespürt, dass ich schon lange in seinem Kopf bin, ohne dass ich davor fliehen kann." Dino nahm ihre Hand. „Contessa, Männer können stolz, verbohrt und bockbeinig sein, aber das zeigt nur, dass sie nicht aus noch ein wissen, dass sie keinen Weg zu ihren Wünschen finden oder sich nicht zu ihnen durchringen können. Schau mich und meine Rosetta an. Als ich zwanzig war, war ich auch so etwas Wildes, Grimmiges. Das liegt in unserer männlichen Natur, in der Natur um uns, die Weite und Urkraft hat. Wir können uns in ihr täglich ausprobieren, das macht selbstbewusst und stolz. Gott aber hat den Frauen als Gegengewicht begnadete Geduld geschenkt. Von klein auf gehen wir an der ausgleichenden Hand einer Frau. Wenn wir dann erwachsen sind und uns einer Frau zuwenden, wissen wir, dass ihr ausgleichendes Wesen das Glück unseres Lebens ist." Dino nahm Irenas Gesicht in seine Hände und küsste sie sanft auf die Stirn. Dann gaben seine Hände ihr Gesicht wieder frei und seine schwarzen Augen glänzten beglückt und wissend.

Am Tag nach dem Dreikönigstag brachte Irena Salvatore Bonazzi nach Verona an den Bahnhof. Sie fuhren in der blassen Wintersonne die Uferstraße über Desenzano, Sirmione, Peschiera und Lazise in Richtung Verona. Über die flachen Ufer konnte man weit auf den See hinausschauen, auf dem eine dünne Dunstsäule stand. Das Castello auf der Halbinsel von Sirmione leuchtete über das Wasser und sein Anblick dehnte die Zeit aus. Man fühlte sich tausend Jahre zurückversetzt. Zwischen den Uferzypressen wehten die Wimpel der Ritter, der Cavalieri, die auf müden Rössern ihrer Burganlage in Lazise zustrebten. Erschöpft und schweigend saßen die Männer im Sattel, von den Mailänder Dogen (Vögten) verdingt und noch einmal davongekommen. Die Heimat, die Frauen und Kinder wieder zu sehen, war ihr einziger Wunsch und ließ sie durchhalten. Sie überließen den Rössern den Heimweg.

Oder waren es auf dem Wasser die bunten Bojen und Wimpel der zum Winterschlaf verankerten Schiffe, mit denen der leichte Wind des Gardasees spielte?

Als Salvatore vom Zugfenster aus auf Irena herabsah, wusste er, dass die Nachtigall seines Herzens endgültig in Freiheit leben würde. Dass der Lebensfrühling sie im Aufwind mit hinwegnahm. Dass sie endgültig ihr eigenes Leben leben würde. Dass er nur noch Hintergrundkulisse war, um ihr die Lebensbühne freizugeben. Doch er wusste auch, dass sie in das Land ihres Ursprungs zurückgekehrt war. Sollte das Schicksal die Weichen für sie stellen, würde sie außerdem auf einen Mann warten, auf den es sich zu warten lohnte. So wich die Trauer aus seinen schwarzen Augen. Als der Zug anfuhr, blieb ihre winkende Gestalt auf dem Bahnsteig immer kleiner werdend zurück.

Irena kehrte nach San Felice zurück. In wenigen Tagen war aus der Vergangenheit, Gegenwart und Zukunft so vieles auf sie eingestürmt, dass sie viel zu nervös zum Schreiben war. So half sie Rosetta in der Trattoria und abends ging sie zu Josefa und Antonia hinauf. Die Gespräche mit Salvatore Bonazzi hatten Josefa gut getan, doch die Situation um Romano blieb angespannt. Der Januar verging in winterlicher Stille und nichts geschah. Anfang Februar bekam Irena Post von ihrem Verleger aus München. Irenas erste Geschichten hatte er mit anderen Autorengeschichten zu einem Band zusammengefasst und verlegt. Nun fragte er an, was sie noch verfasst habe. Doch im Moment kam Irena überhaupt nicht zum Schreiben. Sie war viel zu aufgeregt. Josefa schwieg, Rosetta schwieg, Dino sah ihre Trauer und nahm sie mit einem Scherz tröstend in die Arme. Nur die quirlige Antonia sprühte voller Geschichten und Vermutungen. Aber auch das half ihr nicht, sich von den lastenden Gedanken zu befreien. So legte sie den Brief ihres Verlegers beiseite und ließ ihn unbeantwortet.

Tage später stand Mike vor der Tür. Er hatte von Japan aus einen Flug über Mailand gebucht und war hierher gekommen. Irena blühte auf. Am Abend gingen sie gemeinsam zu Josefa. Antonia flippte fast aus vor Freude. Josefa kochte lächelnd Kaffee. Mike hatte viel zu erzählen, doch das Erzählte war wie die glatte Oberfläche von Wasser: ein blanker Spiegel, der seine Tiefe verbarg. Seine Augen sprachen eine andere Sprache. Sie folgten jeder Bewegung Josefas, ruhig, lächelnd, gelassen. Die Augen eines Mannes, die gefunden haben, was immer sie gesucht hatten. Hier war er am Ziel seiner Wünsche, die Reisen seines Lebens waren hier zu Ende.

Nachdem Mike wieder abgereist war, um mit seiner Agentur seine Verträge und Aufträge zu lösen, blieben Irena und Josefa, Antonia, Rosetta und Dino beglückt zurück. Mike so bald in der Nähe zu haben, war kaum fassbar für sie. Irena war an einem strahlend blauen Morgen nach Salò hinüber zur Bank gegangen. Sie hatte ihren ersten Scheck von René eingelöst. Als sie mit dem Geld Renés in der Hand aus der Bank trat, geschah etwas Eigenartiges. Eine Windböe kam vom See herauf und riss ihr zwei Tausendlirescheine aus der Hand. Sie stoben auf wie trockenes Laub im Herbstwind und blieben in den kahlen Ästen der Platanen, die auf der Piazza standen, hängen. Für einen Moment lähmte sie die Vision der kahlen Bäume auf dem Friedhof an Renés Begräbnistag und das Blut wollte ihr gefrieren. So fern und so nah war alles wieder. Doch die Wärme der Sonne rief sie in die Wirklichkeit zurück. Die Tauben gurrten und eine alte Signora ging langsam an ihr vorbei und sagte: „Buon giorno, Signorina", ihre Augen lächelten. Ein alter Mensch grüßt mit Wohlgefallen einen jungen Menschen in der stillen Erinnerung der eigenen Jugend.

Irenas grüne Mondaugen kehrten zu den Scheinen in dem Geäst der Platanen zurück. Wie die bunte Fetzen eines Drachentraumes aus der Vergangenheit hingen sie dort. Dann wirbelte sie der Wind, der vom See heraufkam, über das Land. Irena stand still und folgte ihnen mit den Augen. Mögen sie den Saum des Himmels berühren, den Rand eines verlorenen Herzens.

Eines Abends kam Josefa in die Trattoria. Mike hatte angerufen und sie nach München gebeten. Seine Arbeitsverträge aufzulösen, ohne dabei viel Geld zu verlieren, war schwieriger, als er gedacht hatte. Josefa wäre gerne acht Tage gefahren. Ihr Sohn Romano war so oft in München gewesen. Sie hatte noch nie Gelegenheit gehabt, diese Stadt zu sehen. So bat sie Irena, acht Tage in ihrem Haus mit Antonia zu wohnen, damit Antonia nicht allein war. Mit Freuden sagte Irena zu.

Am nächsten Tag brachten Irena und Antonia Josefa nach Verona an den Bahnhof. Josefa hatte ein einfaches blaues Kostüm an, in dem sie

umwerfend aussah. ‚Mike hat besser hingeschaut als ich‘, dachte Irena.
‚Er hat sie sofort im Ganzen gesehen, wie Männer das so tun‘, sie lä
chelte. Der Zug fuhr an und Antonia fasste nach Irenas Hand, mit der
anderen Hand winkte sie ihrer Mutter nach.

Die Tage vergingen in einer Stille, die Irena weh tat. Alle gingen
ihren Wegen nach auf eine schweigende, konzentrierte Weise. Doch in
Irena selbst war kein Weg zu finden, in ihr stieg nur Leere auf. René war
schon so lange endgültig unerreichbar für sie. Die Möglichkeit, dass sein
Bild täglich immer mehr verblasste, hätte sie sich nie vorstellen können.
Doch es war so, es verlor einfach an Farbe, Wirkung, Glaubhaftigkeit.
Als wäre die Zeit mit ihm ein Traum gewesen, den man im Wachsein
einfach beiseite legen konnte.

Wie sehnsuchtsvoll hatte René sie geliebt und sie ihn. Sie erinnerte
sich an die Worte, an die Situationen, aber das Gefühl der Hitze war
ihnen entflohen. Sie wurden zu leeren Gefäßen, zu leeren Buchstaben,
ohne dass Irena es verhindern konnte. Manchmal fragte sie sich, ob es
möglich war, dass Liebe sich einfach auflösen konnte. Oder war es nur
die natürliche Möglichkeit weiterleben zu können? Sie dachte an Salvatore: Wie stark war er. Er hatte mit einer Elisabetha in seinen Träumen
weitergelebt, aber zu welchem Preis? Selbst Romano schien Irena weit
entfernt. Er war für Irena genauso unerreichbar wie René. Mit dem
Unterschied, dass sie René geliebt und mit ihm gelebt hatte. Mit René
verband sie viele Erlebnisse und viele Ereignisse, die ihr immer gegenwärtig sein würden. Romano aber war ihr nur begegnet und genau da
fing die schmerzende Leere an. Das Feld der Zukunft war leer.

Irena hätte viel dafür gegeben, wenn Salvatore in der Nähe gewesen
wäre. Er konnte sehen, fühlen, riechen, er war ein Mann mit unver-
brauchtem Gefühl, ihm konnte man sich anvertrauen. Gerade er hatte in
vielen Jahren das Los der Zweifel und der unerfüllbaren Sehnsüchte ge-

tragen. Sicher war der Endschluss, Irena großzuziehen, der einzige Hoffnungsschimmer für sein trauerndes Herz. Irena brauchte die Menschen, die sie liebte in ihrer Nähe. Sie musste sie anfassen, berühren können. Die Wärme ihrer Haut war der Transmitter, das beruhigende Opium für ihr unruhiges Herz. ‚Elisabetha, madre mia, du bist es , so nahe war sie Irena plötzlich. Wie der Duft der Akazienblüte, der betörend über dem Land lag, bis der Wind ihn in seine Arme nahm und die Sehnsüchte dieser unruhigen Nomadin davontrug. Da nahm Irena die Briefe ihres unbekannten Vaters zur Hand und las sie.

Ben Adur/Algeria 25.12.44

Carissima Elisabetha. Natale/Weihnachten. Endlich habe ich die Möglichkeit, dir zu schreiben. Ich bin in einem kleinen Nest in Algier stationiert. Unsere Truppe ist in Zelten untergebracht. Wie geht es dir, amore mio. Ich kann es mir noch immer nicht verzeihen, dass ich deinem Rat nicht gefolgt bin. Nun bist du wieder allein und ohne Schutz in solchen Zeiten. Ich umarme dich, Ennio

Ben Adur/Algeria 16.01.45

Amore mio, ich mache mir die größten Sorgen, du schreibst du fühlst Leben in dir. O dio mio, könnte ich nur bei dir sein. Wie ist es möglich, dass Gott zusieht, wie hier täglich Menschen den Tod finden, und gleichzeitig Leben schenkt, ohne die schützende Hand der Männer. In Liebe, Ennio

Ben Adur/Algeria 20.02.45

Elisabetha, amore mio, du hast auf meinen letzten Brief nicht geantwortet, ich hoffe, er hat dich erreicht. Was soll ich dir sagen? Wir leben in Kriegszeiten, alles ist unzuverlässig, auch die Post. Hier in Algerien mangelt es an allem. Das wenige an Verpflegung, das wir haben, möchte ich manchmal mit den hungernden Kindern auf der Straße teilen, aber das ist uns verboten. Du fehlst mir sehr, alles ist leer ohne dich. Wie geht es dir, vita mia? Deine Briefe sind in meinem Handtuch eingerollt, welches ich nachts unter meinen Nacken lege. So bist du immer bei mir, auch in meinen Träumen. Ti amo, Ennio

Feldpostbrief/Britisches Sammellager/Algerien.
Bekanntgabe: Ennio Santano, geb. 13.05. 1920, gefallen in Algerien am 26.02. 1945.

Irena saß still an dem großen Tisch in Josefas Haus. Das Licht fiel durch die Verandafenster und stimmte den Raum dahinter warm und vertraut. Sie hatte die Hände wie Fächer über die Briefe ihres Vaters gespreizt und es war ihr, als würden seine Worte und Gedanken zwischen ihren Fingern sachte aufsteigen, wie Seufzer. Eine Berührung wie sanfter Wind, wie lebendiger Atem, nach so langer Zeit. Eine Mitteilung von Mensch zu Mensch über den Tod hinaus. Ein Seelenbrief. Das Echo eines Menschen nach seinem verklungenen Leben. Die Mitteilung, dass sie in Liebe gezeugt worden war. Es war die wichtigste Mitteilung für alle Menschen überhaupt in ihrem Leben. Ja, das war der Sinn der Schrift. Der Mensch hatte erkannt, all das, was ihn ausmachte, nach langer Zeit noch auf menschlich verständliche Weise mit der Schrift für andere Menschen mitteilbar zu machen. Denn das Vergehen von Geist und Körper nach dem Tod war die Grenze des Menschen vor dem göttlichen Universum. An der Pforte zum Reich der Unsterblichkeit begann die Auflösung seiner begrenzten Persönlichkeit, seines Auftrags zu wachsen, zu zeugen und wieder zurückzukehren. Das Erbe und Bewusstsein seiner Person aber band er in die Schrift, damit sie für seine Nachkommen wieder aufblühen konnten.

Irena wartete auf Antonia. Am nächsten Tag würde Josefa aus München zurückkehren und so war Antonia einkaufen gegangen, während Irena schweigend und in der Stille dieses alten Raumes die Briefe ihres Vaters gelesen hatte. Antonia kam prustend zurück und stellte das

Eingekaufte auf den Tisch. Mit ihr kam der helle Nachmittag herein und ließ Irena keine Zeit zum Nachsinnen und Trauern.

Die mediterrane Februarsonne weckte die Natur. Eines schönen Morgens war Irena mit Antonia nach Madonna di Campiglio gefahren. Der Ort war ein Wallfahrtsort und ganz auf gläubige Pilger eingestellt. An den Gebirgsstraßen verkauften die Kinder ‚Viola primavera‚ Sträußchen mit altrosa und hellvioletten Gebirgsalpenveilchen. Es war ein Tag, den man auf dem Grunde seines Herzens in Erinnerung behält: hell, liebenswürdig und schön. Josefa hatte am Morgen Antonia und Irena aus ihrem Hause verabschiedet, wie Kinder, die man mit Zärtlichkeit in die Freiheit entlässt. In Madonna di Campiglio hatte der Winter sich noch nicht verabschiedet. Es war klar und kühl und die Berge rundherum waren noch mit Schnee bedeckt. Es war kurz vor dem Osterfest und der Ort voller Pilger.

Es lag eine besondere Stimmung über diesem Ort. Man konnte Menschen sehen, die in dieser sonnendurchfluteten Gebirgsluft in stiller Gläubigkeit verharrten. Das sachte, beglückende Lächeln auf ihren Gesichtern strahlte von innen heraus. Es war der Glauben an die göttliche Liebe, das höchste Gefühl, welches uns Menschen möglich ist. Das Universumsband, in dem wir alle eingebunden sind, wenn wir den Glauben zulassen.

Der schöne Tag verging und in der Abenddämmerung brachte Irena Antonia wieder nach Hause. Am Gartentor verabschiedete sie sich und stand unschlüssig auf dem nächtlichen Weg. Dann stieg sie die Steinstufen zu Romanos Atelier hinauf. Seit dieser Nacht im letzten Jahr war sie nie wieder hier oben gewesen. Im Zwielicht des Abends sah sie das trockene Laub des vergangenen Jahres auf den Stufen liegen. Da wurde ihr bewusst, wie lange Romano schon im Gefängnis war. Hatte er getötet? In wie weit war er in die Intrigen und Machenschaften der Sirene verstrickt gewesen, um eine solch abgrundtiefe Tat auszuführen? O dio, nur er wusste die Wahrheit. Sie zitterte bei diesem Gedanken, im Herzen und am ganzen Körper. Sie lehnte sich an die verschlossene Tür und die Sehnsucht, ihn endlich wieder zu sehen, nahm von ihr Besitz, dass ihr ganzer Körper schmerzte.

Acht Tage später kam Mike aus München zurück. Mit Salvatore Bonazzis Hilfe hatte er sich durchgesetzt und war aus seinen Verträgen freigekommen. Nun lag eine Zukunft vor ihm, in der Josefa Seravino der strahlende Mittelpunkt war. Sie waren zwei Menschen, die auf sachte Weise erkannt hatten, dass ein gemeinsamer Weg vor ihnen lag. Am glücklichsten war Antonia.

Mike hatte das Guthaben aus seinen Flugmeilen in Flugtickets für sich, Josefa, Irena und Antonia von Mailand aus nach Anacapri umgewandelt. Irena schrieb an Amanda und kündigte ihren Besuch an. An einem blauen Morgen Ende März fuhren sie gemeinsam nach Mailand auf den Flughafen. In einer Kurve stieg die Maschine über der Lombardei auf und zog nach Süden wie ein Zugvogel.

Als sie mit dem Schnellboot nach Anacapri übersetzten, strahlte Antonia. Der Weg hinauf nach Anacapri zog sich wie das Gewinde einer Wendeltreppe, das Gehäuse einer Zylindermuschel. Amanda hatte sie erwartet. Hier oben im Wind sang der blaue Planet seine Sphärenlieder. Der Blick ging über das Meer in eine Weite, in der die Erdkrümmung sichtbar wurde, in allen Richtungen. Hier verstand Irena, warum der Peruaner Amadeo seine Sehnsucht den Winden des Meeres übergeben hatte, um seiner Heimat nahe zu sein, die sein Fuß nie mehr betreten hatte. Amanda bestand darauf, dass alle im Haus ihre Gäste waren.

Praktisch und familiär wie Italienerinnen sind, hatte sie für alle
liebevoll eine Schlafstätte hingerichtet. Selbst das Wohnzimmer hatte sie
ausgeräumt als Schlafzimmer für Mike und Josefa. Den großen Wohn-
zimmertisch hatte sie auf die überdachte Terrasse hinausgestellt. So
konnte man in der Sonne frühstücken, zu Mittag essen und abends nach
dem Nachtmahl noch lange sitzen. Alle genossen diese schönen Tage
mit Gesprächen im Sonnen- und Mondlicht. Die Zuwendungen für jede
Person und die Nachsicht gegenüber jedem waren hier eine Selbstverständlichkeit. Am glücklichsten war Amanda, denn nach dem Tod des
Peruaners und dem Fortgang von René und Irena war sie hier oben sehr
einsam zurückgeblieben. Sie hatte Zeit gehabt, gründlich nachzuden-
ken. Mike hatte alle Papier und Aufzeichnungen Amadeos durchgele-
sen. Er war sehr erstaunt darüber, dass sie von der europäischen sowie
internationalen Wirtschaft abgelehnt worden waren. Sie waren einfach
zur Forschung und Weiterentwicklung nicht zugelassen worden, konse-
quent von allen Seiten. Das musste Gründe haben. Denn von den Menschen beherrschbare, von der Natur bereitgestellte Kräfte hat der Mensch
immer gierig genutzt, ausgeleert. Bis zur Unverantwortlichkeit. Gerade
Mike kannte den Machtkomplex der weltweiten Wirtschaft und die
Folgen der Macht- und Geldgier des Menschen waren in der ganzen
Welt zu sehen. Seit Columbus können wir diese Spuren um den Planeten
lesen. Durch die Befahrbarkeit der Meere wurde der Menschen Gier
erfassbar, sichtbar; durch die heutige Globalisierung erschlägt sie uns
täglich. Denn trotz Forschung, Wissenschaft, Technik und Modernisie-
rung sind die Missstände auf diesem Planeten größer denn je zuvor,
Missstände allein durch den Menschen verursacht.

Amanda hatte Recht; in ihrer Einfachheit war sie ein kluge Frau.
Wer Dinge nicht schätzt, dem muss man sie entziehen und an den Ursprungsort zurücktragen, in den sie eingebunden waren. Die Tage vergingen, die Abende waren wundervoll. Irena fehlte Salvatore, ihm hätte
diese Gesellschaft gefallen. Am Abschiedsabend schlich sich ein

wehmütiges Schweigen ein. Jeder hing seinen Gedanken nach. Wie im Granulat waren an diesem Ort die Gefühle gebunden, bodenständig, wie mit Sensoren zum Empfang bereit.

Am nächsten Morgen fuhr Amanda mit nach Capri, um die Unterlagen des Peruaners Amadeo als Wertpaket auf seine lange Reise nach Peru an seinen Ursprungsort zu senden. Der Abschied war tränenreich und man versprach sich zu besuchen.

Tage später stieg Irena abends zu Romanos Atelier hinauf. Sie war verzweifelt, die Beweisaufnahmen waren abgeschlossen und die Gerichtsverhandlung für Romano kam immer näher. Mike war in Brescia und Mailand gewesen, um nochmals zu recherchieren. Die Tatsache, dass Romano und Irena in dieser nächtlichen Baumgruft allein gewesen waren, blieb. Außer dem Nachtwind gab es keinen Zeugen und keinen Nachweis für einen anderen Täter. Irenas Aussage und die Indizien waren nur eine Entlastung für sie selbst gewesen, aber nicht für Romano. Hatte sie in ihrem Entsetzen, in ihrer Aufregung irgendetwas übersehen? Gab es überhaupt etwas zu übersehen? Wie eine glühende Nadel drang dieser Gedanke in ihr Bewusstsein ein. Sie saß auf den kalten Steinstufen des Ateliers, den Kopf gegen die Tür gelehnt.

Die Tage vergingen und jeder hüllte sich in Schweigen. Die Schönheit des Landes und der Natur blieben plötzlich außerhalb der Gedanken, die mit bleiernen Füßen einhergingen. Irena hatte den Abend mit Mike, Josefa und Antonia verbracht. Jeder hatte den Namen Romanos vermieden. In wenigen Tagen war die Gerichtsverhandlung in Brescia. Irena und Josefa waren vorgeladen. Irena verabschiedete sich später an der Gartentür von Mike. Als sie allein war, sah sie die Berghänge hinauf und ihr Blick blieb an der Zypressengruppe hängen. Langsam stieg sie in der Dämmerung den Hang hinauf. Als sie unterhalb der Zypressen stand war es Nacht. Die nächtlichen Geräusche und Gerüche des Landes waren ihr vertraut: Zikaden zirpten, der Wind vom See herauf war beladen mit dem Duft des blühenden Landes.

Sie stieg den Hang weiter hinauf bis sie am Rande des Zypressenhains unter den ersten Bäumen stand. Bis hierher war sie in dieser Nacht gekommen. Wie ein schmerzender Blitz flammte die Momentaufnahme in ihrer Erinnerung auf, da sie im Wetterleuchten die Sirene vor sich auf dem Waldboden liegen sehen hatte. Aber heute war die Nacht still und lichtlos. Der Nadelboden unter den Bäumen strömte seinen typischen Duft aus – nach Holz und Harz und Vergangenheit, nach Tageswärme, die sich der Kühle der Nacht ergab.

Der Schrei damals. Der schnelle Lauf den Hang hinauf. Wie lange hatte sie hier um Atem ringend gestanden? Sekunden? Minuten? Da war ein süßlicher Duft. Das Donnergrollen des Gewitters. Das Wetterleuchten, die darauf folgende Schwärze der Nacht. Ihr eigener keuchender Atem. Nur ihr eigener keuchender Atem? In der Erinnerung schwoll das Keuchen zum fauchenden Atem eines Orkan an.

Irena sank unter den nächtlichen Zypressen langsam auf die Knie. Wann bemerkte sie Romano? Hier und jetzt kam es Irena vor, als lägen Stunden zwischen dem Aufflammen des Wetterleuchten, welches die am Boden liegende Sirene wie einen Scherenschnitt schwarzweiß beleuchtete, und dem Moment, in dem sie Romano bemerkte. Irgendetwas lag dazwischen. Irgendetwas hatte die Zeit zwischen diesen beiden Momentaufnahmen ausgedehnt. Sie hatte Empfindungen und Gerüche aufgenommen, die sie in ihrem Entsetzen kaum wahrgenommen hatte. Oder war es nur die Angst, die jedes Zeitgefühl mit hinwegnahm, die im Doppelschall alles wiederhallen ließ wie ein Echo?

‚Romano, o dio mio, ich habe Angst vor der Wahrheit‚ dachte sie verzweifelt und Tränen netzten ihr Gesicht. Der Nachtwind ließ sie frösteln und bewegte die Luft mit fliegenden Schatten. Lacrima romana, romanische Tränen, Tränen des Herzens, wie schwer wogen sie?

Am Tag der Gerichtsverhandlung fuhren Irena, Josefa und Mike nach Brescia. In dem Gang vor dem Gerichtssaal standen auch der Polizist Moroni, Romanos Rechtsanwalt und noch mehrere Menschen, die ihnen unbekannt waren. Die Verhandlung wurde eröffnet. Dass Romano während dieser Verhandlung nicht anwesend war, erleichterte Irena sehr. Als erster Zeuge wurde der Polizist Moroni aufgerufen, dann Josefa, danach Irena. Die Richter verlegten die weitere Zeugenanhörung auf den Nachmittag. Irena und Josefa verließen nervös an Mikes Seite den Gerichtssaal. Vor ihnen gingen etwa zehn Männer eng beieinander. „Das ist der Conte di Sorentini mit seinem Begleitschutz", sagte Mike leise. Sie gingen an den Männern vorbei und Irenas Hand suchte Halt an Mikes Arm. Als sie vor dem Gerichtsgebäude standen, sagte sie aufgeregt: „Das Parfüm, dieser süße Duft eben, so roch es in dieser Nacht am Tatort. Bevor Romano auftauchte, war zwischen mir und der Sirene nur dieser betäubend süße Duft." Mike nahm die zitternde Irena in die Arme: „Beruhige dich. Was meinst du?" Sie war kaum einer Antwort fähig. Mike und Josefa nahmen Irena in die Mitte und brachten sie auf den Parkplatz ins Auto. Wie ein Trauma schien sie die Mordnacht noch einmal zu durchleben, um gleichzeitig wie eine wache Viper durch die Spalten der Zeit zu schlüpfen. Langsam ebbte ihre Erregung wieder ab und sie fand erste Worte: „Als wir eben an den Männern des Conte di Sorentini vorbeigingen, erkannte ich ein Parfüm, welches auch am Tatort in der Mordnacht in der Luft lag, und zwar bevor Romano auftauchte. Da war es eigentlich schon verflogen. Ein eigenartig süßes, betäubendes Parfüm, ein Parfüm wie eine lockende Drohung." Mike lächelte. „Es ist gut, dass du dich erinnerst", sagte er, „das ist ein Hinweis, dem man nachgehen müsste. Der Conte hat genug dunkle Geschäfte in seinem Wandschrank versteckt. Auch ich habe dieses aufdringliche Parfüm bemerkt." „Ich auch", sagte Josefa, „und ich kann dafür garantieren, dass Romano solch ein Parfüm nie benutzt hat. Selbst an der Contessa di Sorentini habe ich es nicht bemerkt." „Wir müssen herausbekommen, wer von den Männern dieses Parfüm trägt, wie es heißt und wo und wann es gekauft wurde und ob es regelmäßig benutzt wird", sagte Mike langsam.

Als sie am Nachmittag in den Gerichtssaal zurückkehrten, stellte Romanos Rechtsanwalt einen Antrag auf Verschiebung der Gerichtsverhandlung wegen neuer Beweisaufnahmen. Der Richter zögerte, gab aber dann dem Antrag statt und vertagte die Verhandlung auf vierzehn Tage später. Erleichtert verließen sie das Gericht. Hoffnung keimte auf.

Mike verschwand früh am Morgen und kehrte spät abends zurück. So vergingen die Tage. Sein Schweigen kostete Irena fast den Verstand, bis er eines Tages fragte: „Würdest du das Parfüm unter ähnlichen Parfüms herausfinden? Das könnte ein Hinweis sein, dass noch eine andere Person am Tatort war." „O dio, Mike, wenn das möglich ist, wenn das möglich ist, werde ich mein Bestes tun." Sie schluchzte auf. Mike nahm sie beruhigend in die Arme. „Es ist eine Möglichkeit, die Anklage wegen Mordes gegen Romano zu unterhöhlen. In dem medizinischen Bericht über die Todesursache der Contessa di Sorentini gibt es gewisse Ungereimtheiten: Durch eine schwere Kopfverletzung, verursacht durch einen Schlag mit einem Metallgegenstand, verlor sie das Bewusstsein. Ihren Schrei auf diesen Schlag hin hast du gehört. Du sagtest aus, dass sie auf dem Bauch mit dem Gesicht seitlich auf dem Waldboden lag. Also hat man sie von hinten niedergeschlagen. Kurze Zeit später, als auch Romano losgerannt war, um Polizei und Krankenwagen zu rufen, fand der Polizist Moroni die Contessa di Sorentini auf dem Rücken liegend, getötet mit drei gezielten Messerstichen ins Herz. Die Stiche zeigten frisches Blut, während man später feststellte, dass das Blut an der Kopfwunde schon leicht geronnen war. Es ist wahrscheinlich, dass zwischen dem Schlag auf den Kopf und den Stichen ins Herz 10–20 Minuten Differenz liegen, dass die Contessa ohnmächtig war, aber noch gelebt hat, als du und Romano sie sahen. Der Mörder hat einfach zwischen den nächtlichen Baumstämmen verborgen gewartet, bis ihr davongerannt wart, hat danach sein Werk vollbracht, um dann in die Richtung spurlos zu verschwinden, aus der Hilfe zu erwarten war. So wurden seine Spuren von den Helfern zertreten und die Stichwaffe nie gefunden."

„Wer so tötet, tötet aus kaltem Hass", sagte Irena. „Ja, Hass, Überheblichkeit, Arroganz – dazu passt auch das Parfüm. Es ist eine Herausforderung, eine Art skurrile Waffe gegen die allgemeine Gesellschaft. Dass sich dieses Parfüm, dieses Markenzeichen seiner persönlichen Macht einmal gegen ihn wenden würde, ihn verraten würde, weiß der Mörder bis heute nicht." Mike lächelte. „Eine schillernde Person aus der Halbwelt, ein Künstler im magischen Machtspiel, ein Phantom aus den Katakomben der menschlichen Verdorbenheit. Ich hoffe, es gelingt mir ihn mit deiner Hilfe vor Gericht zu bringen."

Am Morgen der Gerichtsverhandlung betrat Irena als erste Zeugin den Gerichtssaal. Der Conte mit seinen Begleitern musste auf dem Gang warten. Irena konnte einen Test vorlegen, in dem sie das fragliche Parfüm erkannt hatte, und beschrieb die Situation in der Mordnacht noch einmal. Diese hatte nun eine ganz andere Bedeutung. Der Richter schwieg.

Dann wurde der Conte di Sorentini zur Aussage hereingebeten. Er erschien mit seinen Männern, die hinter ihm Platz nahmen. Sein Alibi, dass er die fragliche Nacht in seinem Haus gewesen war, war widerlegt worden. Nun brachte er Zeugen dafür, dass er sich bis zum frühen Morgen in einem bekannten Nachtlokal in Mailand aufgehalten hatte.

Einer älteren Frau, die zu ihrem Weinberg oberhalb von San Felice wollte, waren am Morgen nach der Mordnacht in der noch nassen Erde Wagenspuren eines schweren Wagens in einem Feldweg oberhalb des Zypressenhains aufgefallen. Nachmittags kam sie nach Hause. Aufgrund der nächtlichen Mordtat ging sie zu Moroni und berichtete ihm von der Wagenspur. Moroni konnte das längere Zeit nicht einordnen. Bei der Überprüfung des Wagenparks des Conte fiel ihm ein Geländewagen auf, aber er konnte nur noch die gleiche Spurenbreite der Räder und das gleiche Profil feststellen – wie bei vielen anderen Wagen dieser Klasse. Erdreste aus dem Feldweg gab es keine an dem Wagen. Er war außerdem zwischenzeitlich von mehreren Personen aus dem Umkreis des Conte gefahren worden. Der Conte hatte zwar die Unwahrheit bei seinem ersten Alibi behauptet, hatte aber ein besseres, unanfechtbares Alibi nachgeschoben. So war es schwer, ihm etwas anderes nachzuweisen. Die Gerichtsverhandlung schleppte sich dahin und wurde auf den nächsten Tag verschoben. Der Rechtsanwalt von Romano sprach noch lange mit Mike, dann waren sie alle müde nach San Felice gefahren.

Am Abend saßen sie gemeinsam auf der Terrasse von Josefas Haus. Ein früher Sommer war in das Land gezogen und die Akazien standen in voller Blüte. ,Elisabethas Zeit', dachte Irena, ,so ist sie uns nahe.' Traurig ging sie später schlafen. Sie fühlte sich leer und allein. Da nahm sie die Briefe ihres Vaters zur Hand und sachte schlief sie beim Lesen darüber ein.

Der nächste Tag brachte nochmals ein Verhör des Conte di Sorentini. Er saß in der Mitte seiner Männer, wie eine kleine, böse Krähe. Plötzlich wurde die Tür des Gerichtssaales aufgerissen und eine flirrende Person, wie ein flatterndes Irrlicht, stürzte auf den Conte zu. Seine

Männer rissen die Person nach hinten und zwangen sie auf einen Stuhl. Es trat eine spannungsgeladene Stille im Saal ein. Der Conte stand in dieser Situation gelassen auf und sagte: „Euer Ehren, diese Person gehört zu meinen Chauffeuren, er war heute Morgen nicht pünktlich bei der Arbeit und möchte so sicher seine Kündigung verhindert, ich verbürge mich trotzdem für ihn." Der Richter nickte und führte die Verhandlung weiter. Nach einer Stunde wurde die Verhandlung geschlossen. Draußen auf dem Gang schoben sich die Männer des Conte wie ein zischelnder Pulk dem Ausgang zu. Auf der Freitreppe des Gerichts zerschnitt ein Schrei die Mittagshitze. Der Conte stürzte zu Boden und sein eigenartiger Chauffeur wurde niedergerungen.

In der Gazzetta Bresciana kam Tage später ein Bericht auf der Titelseite: „Valentino Barro, ein bekannter Gigolo aus der Szene, wurde des Mordes am Conte di Sorentini überführt. Er erstach den Conte auf der Treppe des Gerichts von Brescia nach einer Gerichtsverhandlung, die den Tod der Contessa di Sorentini klären sollte. Dabei wurde festgestellt: Mit gleicher Waffe erstach er die Contessa di Sorentini in einer Gewitternacht, oberhalb von San Felice, Monate zuvor. Die Stichwaffe wurde damals nicht gefunden, da er sie immer am Körper trug wie sein Parfüm, das ihn letztlich verriet. Es handelte sich um ein Eifersuchtsdrama in einer Dreierbeziehung mit tödlichem Ausgang."

Irena wollte allein sein. Sie dachte an die Verstrickung um den Tod von Elisabetha. Wie verschlungene Vipern konnten die gordischen Knoten des Schicksals sein. War man zur selben Zeit am selben Ort, erlag man ihrer tödlichen Umarmung. Sie floh in den Eingang des Ateliers und saß dort lange auf den Steinstufen im Wind, eingehüllt in den betörenden Duft der Akazien, als wiege Elisabetha, die Nomadin, sie in ihren Armen. Später schreckte sie ein kühler Fallwind auf. Sie stand auf und sprang die Steinstufen des Ateliers hinunter, bis sie die holprige Gasse erreicht hatte. Der nächtliche Wind trieb die Straßenbeleuchtung hin und her. Ihr eigener Schatten sprang ihr voraus, wie ein unruhiger, suchender schwarzer Hund. Sie wollte in ihr Zimmer und sie wollte allein sein. Jetzt, da die Dinge sich klärten und zum Guten wandten, kamen ihr Zweifel. Was wusste sie wirklich von Romano, außer der Sehnsucht die in ihr brannte. Die Trennung ist das schmerzlichste Blatt eines blühenden Herzens, welches der Trockenheit zum Opfer fällt, wenn es lange ohne Nahrung bleibt.

Sie wusste kaum noch, wie sein Gesicht aussah, nach so vielen Monaten des Wartens, des Hoffens, der Zweifel. Sie öffnete die Zimmertür schloss sie wieder hinter sich und lehnte sich in der Dunkelheit dagegen.

In Herzensangelegenheiten wird der Mensch immer mit sich allein sein, gefangen und isoliert in seiner eigenen einsamen Haut. Dort trifft er Entscheidungen, die manchmal furchtbare Wunden hinterlassen können. Sie war so in Gedanken, dass sie jetzt erst bemerkte, dass sie nicht allein im Raum war.

Vor dem Fensterviereck sah sie seine dunkle Gestalt. „Lass bitte das Licht aus, Irena. Ich warte hier schon eine Weile auf dich. Wenn es nicht der richtige Moment ist, werde ich gehen und ein anderes Mal wieder kommen. Aber um alles in der Welt, amore mio, ich würde lieber bleiben." Die schönen Mondaugen füllten sich mit Tränen. Mit erstickter Stimme flüsterte sie seinen Namen, als er sie in die Arme schloss und lange still umschlungen mit ihr in der Dunkelheit stand.

Ende

Nachtrag

Anfang der siebziger Jahre des 20. Jahrhunderts christlicher Zeitrechnung testeten Konstrukteure einer großen europäischen Autofirma bei Lima in Peru Geländewagen. In Höhenluft, Steilheitshaftgraden, unebenem Gelände. Auf einer Einladung des Sindaco, des Bürgermeisters der Stadt Lima, lernten sie den Direktor des Museums für Altertumsforschung kennen. Es gab mehrere Gespräche mit diesem interessanten Mann. Als die Konstrukteure wieder nach Europa zurückkehrten, führten sie in ihrem Gepäck eine alte Aufschlüsselungsbeschreibung der Materie Wasserstoff mit sich.

In den sechziger Jahren des gleichen Jahrhunderts bauten Wissenschaftler aus der Bereich der Atomphysik und Quantentheorie ein unterirdisches Rundlabor von größtem Ausmaß. In 50 Meter Tiefe zwischen dem Genfer See und dem Juragebirge. Durch eine Rundröhre strömt der unendliche Lauf der kleinsten Teilchen unseres Planeten. Wie verbinden sie sich, wie bauen sie sich auf, wie verschwinden sie wieder? Oder formieren sich anders, unbegreiflich für unser Fassungsvermögen! Eine Spielwiese, ein Hochzeitsbett der Schöpfung, die ihr Jahrmillionen altes Programm im Fluge absolviert.

Ein italienischer und ein holländischer Wissenschaftler haben bis heute die Hoffnung nicht aufgegeben. Den Zauberstab, die Zauberformel dieses unglaublich faszinierenden, wirbelnden Verkettungsfluges zu finden.

Die Autorin

Die Autorin Kim Mc Govern kommt aus einer Familie, in der das Wort
Europa schon lange ein Begriff ist. Sie beschäftigt sich seit vielen Jahren
mit der Vulkanologie, dem Magma, der Urmaterie unseres Planeten, aus
dem alles hervorgegangen ist. Viele Ereignisse um uns entziehen sich
vollkommen unserem Verständnis, weil wir sie weder sehen noch
begreifen können. Sie sind einfach Tatsachen – Mitteilungen unseres
Planeten nach einem anderen alten Schema. Uns ist die Kenntnis darüber
verloren gegangen. Durch Forschung müssen wir uns heute wieder erarbeiten, dass Wasser, das Urgedächtnis unseres Planeten, sich mitteilen
kann, dass Licht, Gase, Wellen in allen Bereichen sich mitteilen.

Wir bekommen täglich eine Fülle von Informationen, die wir zu
80% nicht brauchen. Es sind nur Informationen aus menschlicher Profit-
gier. Wir werden aber von klein auf damit berieselt und so fällt uns die
Aufschlüsselung und das Verstehen dieser täglich ablaufenden Planeten-
tatsachen immer schwerer.

Als Autorin fasst Kim Mc Govern in diesem Sinne immer heiße
Eisen an. Oft liegen sie im Grenzbereich. Sie aber versteht es, sie sichtbar und verständlich für den Leser zu machen. Wie es Jules Verne vor-
gezeichnet hat.

ROMANE:

VULCANO – Roman von Kim Mc Govern
Wie anders leben Menschen mit Vulkanen wie dem Ätna oder dem Stromboli.
ISBN 3-930231-00-X Erscheinungsjahr 8/1992 II Auflage 11/1999 III Auflage 2005

CLOUDES WEISSE TAUBE und andere tödliche Sehnsüchte – Roman von Kim Mc Govern
Drei Romane von Jugendliebe bis Familienhassliebe, die in einer Teufelsaustreibung eskaliert.
ISBN 3-930231-02-0 Ersterscheinungsjahr 11/1995 II Auflage 11/2001

MALOCCHIO der böse Blick – Roman von Kim Mc Govern
Das Gute und das Böse, wie alt ist es. Als Primaten müssen wir der Schöpfung nahe gewesen sein. Was geschah, dass wir bis heute mit dem Fuß im Staub der Erde gebunden sind?
ISBN 3-930231-10-7 Erscheinungsjahr 8/2001

Der vorliegende Roman ist ihr Erstlingswerk:

DER DUFT DER AKAZIENBLÜTE Lacrima romana – Roman von Kim Mc Govern
Eine junge Frau gerät in das Durcheinander der Nachkriegswirren im Herzen von Europa. Im Land ihrer Väter erkennt sie die erdgebundene Klarheit des menschlichen Daseins.
ISBN 3-930231-03-4 Erscheinungsjahr 11/2004

Umschlagsentwurf und grafische Innengestaltung
von der Grafikerin USINE

Lektorin: Cornelia Schaller, Fellbach

Druck und Verarbeitung:
Rufdruck GmbH
Im Husarenlager 13
76187 Karlsruhe

Auflage: 2000

Gesamtherstellung:
Thomas der Löwe Verlag
Postfach 21 12 39
76162 Karlsruhe
Rheinstr. 65
76185 Karlsruhe

Tel./Fax. 0721-75 31 53
Internet:
E-Mail: info@ thomas-der-loewe.de